お見合い代役からはじまる蜜愛婚

～エリート御曹司に見初められました～

marmaladebunko

JN052421

マーマレード文庫

目次

お見合い代役からはじまる蜜愛婚
～エリート御曹司に見初められました～

お見合い代役からはじまる蜜愛婚

～エリート御曹司に見初められました～

1．今日、私は私じゃない。

「亜理沙《ありさ》さん。正式に僕と婚約していただけませんか」

瞳《ひとみ》に映るのは、心を惹《ひ》かれた人。彼の告白に胸が高鳴る。……だけど。

「あなたを好きになりました」

端然《たんぜん》と私の顔を見つめる彼に、心が苦しくなる。

私はそっと彼の手から指先を離し、俯《うつむ》いた。

「私……あなたと婚約は、できません」

単純に考えすぎていた。誰かを……自分までも傷つける可能性なんて、これっぽっちも想像しなかった。

ごめんなさい。私は――〝亜理沙〟じゃない。

＊＊＊

その日。私、如月史奈《きさらぎふみな》は仕事終わりに一軒のダイニングバーにいた。甘めのカクテルを味わっている私に反し、向かい側からは重苦しいため息ばかり零《こぼ》れ落ちている。

「なに？　亜理沙、ため息ついて。ずっと浮かない顔してるし、どうかした？」

向かいに座る彼女は大迫《おおさこ》亜理沙。小学生の頃からの郷里の友人だ。

彼女をひとことで説明すれば、いわゆるお嬢様。というのも、亜理沙のお父さんは大手不動産会社を経営している。雰囲気だけでなく事実、社長令嬢なのだ。

亜理沙は『令嬢』らしく可愛《かわい》い容姿で、性格も見た目のまま。虫一匹退治できないような心やさしい女の子。きっと、男性が守ってあげたくなるタイプ。現に今も、お店の男性スタッフの視線をちらほら感じる。私にはまったくない魅力《みりょく》だから、ちょっと羨《うらや》ましい。さらに、勉学や学校行事にも真面目《まじめ》に取り組む性格だ。おそらく職場でも粛々《しゅくしゅく》と仕事をしていて、昔同様、男女問わず好かれているに違いない。

私たちが一緒《いっしょ》にいたのは小学校高学年の二年間。

五年生のとき。クラス替えをしたら好きな子をいじめるタイプの男の子が集まっていて、モテる亜理沙はしょっちゅうちょっかいを出されたりして、泣くのを堪《こら》えていた。見て見ぬふりができない性格の私は、男子の気持ちなどお構《かま》いなしにやりかえしてやった。そんなきっかけから、私は亜理沙と一緒にいるようになったのだ。

彼女は当時、両親の都合で埼玉《さいたま》にいる母方の祖母の元に預けられていた。そのため、元々小学校卒業と同時に両親が暮らす東京に戻る予定だったらしく、小学校を卒業した後、都内にある中高一貫の私立女子校に通う道を選んだ。男の子に苦手意識を持ってしまったのが大きな理由だったのだと思う。

以来、変わらず埼玉に住んでいる私と亜理沙とは住む場所も離れ、会う機会は減った。しかし、私の家は東京には近い場所だし、そんなに不便を感じていない。社会人になった今は亜理沙とも月に一度は食事をしては互いに近況報告をする関係になっている。今日はどうやら、亜理沙の話を聞く日になりそうだ。

「亜理沙は昔から真面目すぎて心配なところあるからなあ。なにかあるなら、ひとりで抱え込まないで相談してよ？」

「う……ん」

亜理沙の返答は歯切れが悪い。絶対なにか悩み事があるはずだ。

「言いづらいなら無理強《むりじ》いはしないよ」

「実はね。お見合いの話があって」

蚊《か》の鳴くような小さな声でぽそりと言われ、一瞬耳を疑った。数秒して、思わず素《す》っ頓狂《とんきょう》な声を出す。

「えっ！　お、お見合い!?」

見開いた目を亜理沙に向けると、彼女はこくりと頷《うなず》いた。

「ま、まあ……亜理沙のとこなら、そういう話があっても不思議《ふしぎ》じゃないか」

私は仰天《ぎょうてん》したものの彼女の家を思い出し、徐々に納得する。

「パパがこの間、仕事関係の人たちが参加するゴルフでそういう話を持ち掛けられたみたい」

「それって、まったく拒否権ない感じなの？」

探《さぐ》るように質問をしたら、亜理沙はテーブルのグラスに視線を落としながら答える。

「パパにとっても今回の件は青天《せいてん》の霹靂《へきれき》だったみたい……。でも相手が相手なだけに、簡単に突っぱねることもできなかったんだと思う」

「お見合いの相手って？」

「……〝久織《くおり》建設〟の後継《あとつ》ぎになる人。久織建設の会長とゴルフで一緒だったみたい」

「くっ、久織!?　あのスーパーゼネコンの!?」

久織建設とは複合建設業の中で五本の指に入る国内大手の企業。

私は久織建設の子会社〝久織ハウジング〟の競合他社であるハウスメーカーに勤務している。だからこそ〝久織〟をよく知っている。

そこまで有名な会社名が挙《あ》がるとは思わなかった。そりゃあ亜理沙も深刻にもなる。

さすがの私も、話の内容が重いだけにテーブルの上の料理に手を伸ばすのも忘れ、亜理沙だけを見ていた。亜理沙は、お人形並みに長い睫毛《まつげ》を憂《うれ》い気に伏せる。

「少し時間をちょうだいってお願いしてるの。でも一度は会わないといけないと思う。パパも断れる雰囲気《ふんいき》じゃなかったみたいだし……。せめてと思ったのか、大々的なお見合いって感じじゃなく、まずは当人同士だけで食事をする方向にはしたからって」

「じゃあ相手方の親とかは同席しないんだ。だったらもうサクッと会って、断っちゃえばいい……」

私がなんとか励《はげ》まそうと発言するも、途中で亜理沙は力なく首を横に振る。

「史奈ちゃんなら……わかるでしょう？」

亜理沙の今にも泣き出しそうな震えた声に、はっとした。

そうだよ。亜理沙は男の人が苦手だ。男性相手に、自分の意見を伝えるのは難しい。

「久織会長が『具体的な話はふたりで会ったあとでも遅くない』って言ってたらしいの。話をまとめる前提にしか思えなくて、ますます断れる気がしないわ」

私が押し黙るのを見て、亜理沙は苦笑いを浮かべた。

「それに約束を交わしてしまったからには、顔を合わせないと。会いもせずに断れば先方も気を悪くするだろうし。なによりも、私の行動でうちの会社の業績に影響が出るんじゃないかって心配で……」

「まさか、そんな」

「久織建設は最近不動産業のほうにも力を入れようとしているって噂《うわさ》だし……。会社の事情は詳しくわからない。ただ私のせいで迷惑《めいわく》かけたらと思うと怖くて」

「つまり角を立てずに断るにはどうしたらいいか……ってことか」

角を荒立てずにっていう以前に、さっきから思っているのは亜理沙の性格上、その男性と会話をするのさえままならなそうだってこと。

「う－ん……相手によるよねえ。せめて亜理沙が話しやすいタイプの相手なら……」

たぶん一番いいのは、会った際に結婚の意思はないと伝え、理解してもらう方法。相手が温厚な人なら希望はあると思う。すると、亜理沙が眉《まゆ》を寄せてぼそっと言った。

「相手の人……一度見たことあるの。先月パパに同行して参加したパーティーで、偶然見かけて」

「そうなの？　もしかしてパーティーでその人が亜理沙にひと目惚《ぼ》れして、お見合いを口実に熱烈アプローチしてきてるとか？」

亜理沙は本当に令嬢って言葉が似合う可憐《かれん》な女性。これは身内びいきの目じゃなくて、客観的に見てもそう感じる。普段から並んで歩けば、男性の視線が亜理沙に向いているってわかるし、パーティーで亜理沙が気に入られるのは十分あり得る。

しかし、亜理沙はぶんぶんと首を横に振った。

「まさか！　逆よ。彼はまったく女性には関心がない感じだったの。仕事関係の男の人とだけ話をしていて。女性に話しかけられれば、まるで興味ないっていったように冷ややかな目であしらっていたわ」

亜理沙が肩を窄《すぼ》め、まるで身震いするように腕を交差させた。

そこまで怖い雰囲気の人なら、冗談じゃなく亜理沙はひとことも話せずに終わってしまうかも。弱ったなあ……。

私は無意識に片手を口に添え、考え込む。次の瞬間、閃《ひらめ》いた。

「待って！　女性が嫌いなら、むしろ向こうから断ってくれる可能性高いんじゃない？　よかったじゃない！」

そうだよ。亜理沙の印象通りの相手だったなら、当然女性に靡《なび》くはずもないし、可愛い亜理沙を前にしたって、向こうから一方的に拒絶する可能性大。顔を合わせる時間だけ我慢すればいい。

万事解決と思って正面に座る亜理沙を見ても、変わらず浮かない顔。不思議に思っていたら、亜理沙は上目で私を窺う。

「……そう思う？」

「え？　だって……女性に興味ない人だったんでしょ？」

私はきょとんとして返した。

亜理沙はテーブルに両手を置いて、前のめりになって声を落とす。

「これは私の勝手な想像よ……？　その彼、とっても美形なの。積極的な女性なら放っておかないと思う。でもそれが煩《わずら》わしそうだった」

「うん。だから確実に結婚なんてしないでしょ？」

私も自然と亜理沙に顔を寄せてささやくように答えると、大きな瞳でジッと見つめ返される。

「逆の考え方もあり得ないかな？」

「逆？」

亜理沙を取り巻く空気が少し変化した。ピンと張り詰めた緊迫感を抱かせる真剣な面持《おもも》ちと声が、私をいっそう緊張させる。

「久織の跡取りという立場なら、将来的に身を固めたほうが周囲の評価もよくなるだろうし。女性との関係を敬遠する性格だとして、どのみち結婚せざるを得ないならビジネス的な政略結婚のほうが面倒《めんどう》がないって考える……とか」

亜理沙の説明は耳に届くけど、私の心は納得できない。

漫画《まんが》やドラマの世界にしかないと思っていたのに、身近で政略結婚の存在を知らしめられるとは……。ありえないって頭で思っても、そっち側の世界の常識がわからないため容易に否定もできない。

いよいよ掛ける言葉が見つからなくなった私は、黙って亜理沙を瞳に映していた。

「もしふたりで会って話を進められたら、私……拒否する自信ない」

乾《かわ》いた笑いとともに零れ落ちた言葉からは、彼女の苦しさしか感じられない。とはいえ、相変わらず気の利《き》いたセリフも出て来ず、亜理沙の置かれた状況に同情するしかできなかった。私は下唇《したくちびる》を噛《か》み、ぎゅっと拳を握りしめる。

仮に結婚したとして、大事にされるならまだしも冷遇《れいぐう》されるくらいなら、親の面子《めんつ》や会社の事情を放り出してでも自由を求めるべきだ。しかし、当事者は亜理沙であって、私じゃない。だから、思い切って突っぱねろ、とも言えない。

「一度遠目で見ただけの男の人と、ふたりきりで食事するって想像だけで怖いのに。あの氷のような瞳に刺され続けて、美味《おい》しい食事だって喉《のど》を通らないに決まってる」

亜理沙は頬杖《ほおづえ》をつき、弱々しい声を漏らして瞼《まぶた》を伏せた。

確かに見知らぬ人とふたりきりで食事って、私でも拷問《ごうもん》に近いものを感じるけれど……一、二時間どうにかやりすごして、それとなく『結婚の意思はありません』って匂《にお》わすくらいならできそう。ただそれを、亜理沙ができるかって話なんだよね。

「私が代わって行ってあげられたらね……」

次の瞬間、俯いていた亜理沙が顔を上げ、クリッとした丸い瞳を露《あら》わにする。そして、希望に満ちた目を向けてきた。

「それ、本当にするのはダメ……!?」

「は？『それ』って……」

「私の代わりに、史奈ちゃんが会いに行くの！」

大胆《だいたん》な提案に度肝《どぎも》を抜かれる。

「かっ、代わりって！ ちょっ、亜理沙。いくらなんでも！」

私たちはあまりに違いすぎる。見た目から性格から、なにからなにまで。

あきらかに無謀《むぼう》な話。しかし、驚きを隠せない私に構わず、亜理沙はひと筋の希望が見えたと言わんばかりに表情を明るく変えていく。

「急な話で、お見合い写真とかがあるわけじゃないし。私が彼を一方的に知っているだけで向こうは私なんか気に留めたりするはずないから、顔は知られてないはずだわ」

どうやら亜理沙は本気だ。私も慌てて両手を突き出し、亜理沙の意見を制止する。

「いやいや！　待って。さすがにそれはバレたときが」

「もしも気づかれたら、そのときは『代理で来た』って言ってもいい。そうなれば、もちろん私が全部責任取るから」

九死に一生を得たかのような亜理沙に思わずたじろぐ。

「せ、責任って！　それならいっそ、ダメ元で亜理沙が直接断ったほうが」

私の行動で親友の今後の人生を左右するなんて、責任が重すぎる。

「本人を前に言える勇気と自信があるなら、初めから悩んでないわ。今だって、史奈ちゃんだから本音を出せてるだけで」

私が知っている彼女は、相手を困らせるようなことはしない。だからこそわかる。

今回ばかりは、なりふり構っていられないほどの事態なのだと。

亜理沙は姿勢を正し、私をまっすぐ見つめた。それから、思わず見惚《みと》れるくらいの美しいお辞儀《じぎ》をする。

「あの人の雰囲気……本当に苦手なの。史奈ちゃんには本当に申し訳ないって思ってる。突拍子《とっぴょうし》もないお願いだってわかってる。だけど一か八か、賭《か》けさせて……！」

そうして土曜日。運命の日がやってきた。私は基本、土日は休めないシフト制勤務。

土日は時間外勤務も多いが、今日だけは仕事を早めに切り上げさせてもらった。

化粧室で滅多《めった》に着ないワンピースに着替え、荷物をコインロッカーに預ける。緊張感を抱きながら、待ち合わせの店へ向かった。ショーウインドウに映る見慣れぬ姿の自分を横目で見て、改めて今日は〝重要な日〟なのだと実感する。女性らしい服装を纏《まと》っているはずなのに、心は裏腹に戦闘服でも着ている気分だ。

お見合いといえば着物のイメージだったけど、今回は当人同士の食事会って形だっていうから助かった。でも、こんな特殊な状況でもなかったら、着物に袖《そで》を通してみたかったかも。成人式もスーツだったし。

私は信号待ちの間にスマートフォンを出して、詳細事項をもう一度確認する。

亜理沙からは二日前にメッセージが来ていた。メッセージの最後にあった《ごめんね》という文字を見つめる。

亜理沙は恥《はじ》を忍んで私に頼んだんだと思う。そのくらい追い込まれて……。

亜理沙は妹みたいな大事な友達だ。私が助けられるならそうしてあげたい。乗り掛かった舟だし、引き受けたからには目的を達成しないと。

改めて気を引きしめたとき、天気予報の言う通りパラパラとにわか雨が降ってきた。

私はバッグから折り畳み傘《がさ》を取り出し、横断歩道を歩きだした。

午後七時過ぎ。緊張しながら指定されたビルに入り、エレベーターで最上階へ上がった。レストランのスタッフに濡れた傘を預け、予約席へ案内される。

一気に心音が大きくなった。しかし、個室に通されてみたらまだ相手は来ていない。肩透かしを食らった私は席に座るのも落ち着かなくて、立ったまま室内を観察した。

狭すぎず広すぎもしない、ほどよい空間にパノラマの窓。東京の夜景を眺め、解放的な気持ちになる。雨はここに着く頃、ちょうど上がった。

天井から垂れた、三つ並んだ丸いガラスの照明は落ち着いた電球色。ガラスの形がひとつずつ違うところがまた味わいがある。なによりも印象的なのが、照明が当たっている存在感のあるテーブル。希少な木材マホガニーのダイニングテーブルだ。赤みがかった艶《つや》のあるアンティークな雰囲気は、ここ銀座《ぎんざ》の三つ星レストランに相応《ふさわ》しい。

このレストランの内装が、世界的に有名な空間デザイナーが手掛けたものだと建築にかかわる人間なら知らない人はいないはず。ハウスメーカー〝キューブハイム〟に入社してまだ三年の私ですら知っているのだから。

一昨日《おととい》、亜理沙から場所がここだと聞いたときは一瞬自分の役割を忘れ、喜んだ。まさかこんなに早く、この空間に立てる日が来るなんて。

私は角度を変えては美しいリボン杢《もく》のテーブルを眺め、恍惚《こうこつ》としたため息を落とす。それから曲線のデザインが身体に添う、座り心地のいいひとり掛けソファに腰を下ろした。背もたれに寄り掛かり、キャンバス地を撫《な》でる。じわじわとうれしさがこみ上げていたところに、ノックの音がして現実に引き戻された。

「失礼いたします。お連れ様がお見えになりました」

スタッフの言葉に心臓が大きく跳ねた。私の返事を合図に、ドアが開いてスタッフが顔を出す。そして奥からもうひとり、眼鏡《めがね》を掛けた長身の男性が現れた。私は反射で席を立つ。彼はスタッフがドアを閉めたのを確認してから、優雅《ゆうが》にお辞儀をした。

「お待たせして申し訳ありません。久織亮《あきら》です」

いざ今日の〝目的〟である対象がやってくると、途端《とたん》に頭の中が真っ白になった。

『久織亮』と自ら名乗った男性が、たおやかに顔を戻す。私は正面から向き合って、心の中でどこか違和感を抱いた。

彼、久織亮が美形なのは事前に亜理沙から聞いて知っていた。知的な眉に切れ長の目がとても印象的で、その実、クールで近寄りがたい人だ、と。けれど、今目の前で私と視線を交わらせる彼は、想像と違ってやさしそうな瞳をしていて驚いた。

当初思い描《えが》いていた男性像とは違っていても、やはり整った容姿には変わりなく、うっかり目を奪われる。思わず見入ってしまっていた私は、慌てて頭を下げた。

「あっ。は、はじめまして……」

あれだけイメージはしてたのに、本番になるとまるでダメ。しどろもどろになって、なかなかスムーズに名前を言い出せない。すると、久織さんがやさしい声で言った。

「亜理沙さん、とりあえず座りませんか。自己紹介は席について食事をしながらゆっくり始めましょう」

「は……はい」

慣れない名前で呼ばれ、ドキリとした。私は動揺《どうよう》を表に出さないようにして、ゆっくりソファに腰を下ろした。それから、向かいに座る久織さんを盗み見る。

刹那《せつな》、彼からも、どこか私を窺うような視線を一瞬感じた。途端に不安を覚える。

もしかしたら、すでに私が別の人間だって気づかれてる……？

自分の尋常《じんじょう》じゃない心拍の速さに硬直して、目線すら動かせない。

「まずはオーダーしましょうか。亜理沙さんは飲み物や食事はなにがお好きですか？」

彼は元の穏やかな雰囲気を纏い、私に微笑《ほほえ》みかけた。あまりに柔和な表情を見せるので、知らぬ間にまた見惚れていた。

「亜理沙さん？」

久織さんは、また私を『亜理沙』と呼ぶ。ドキッとしたと同時に、身代わりである自分の正体に気づかれていないと確信し、ほっと胸を撫で下ろした。

「わ、わわ、私はなんでも大丈夫です」

私の尋常じゃない動揺ぶりに、久織さんはきょとんとする。直後、「ふっ」と笑いを漏らし、チタンの眼鏡を押し上げた。目尻を下げる彼に、心が微《わず》かにざわめいた。ただの緊張とは違う感覚だ。私はそれに支配されそうで、必死で理性を繋《つな》ぎ留《と》める。

「そうですか。ではここのスタッフに、オススメの料理とそれに合うワインなど聞いてみましょうか」

「はい。お願いします……」

彼がベルでスタッフを呼び寄せ、なにやらワインについて話をし始めた。上品な表情や口調、美しい横顔。どれをとっても魅力的で、こっそりと感嘆《かんたん》の息を漏らす。

一流企業の跡取りって、やっぱりひと目で違いがわかるんだなあ。オーラが私とはまったく違うもの。

久織さんをちらちらと見ていたら、ぱちっと目が合い、咄嗟《とっさ》に俯いた。

「今日はお忙しいところ、申し訳ありません。祖父は少々強引なところがありまして」

「あ、いえ。このお店素敵《すてき》ですね。実は以前から一度来てみたいなあって思っていて」

「そうでしたか。それならよかった。僕もここが好きで」

「久織さんもですか！　アンティークなデザインの調度品が非日常的で恍惚とするような空間を演出していますよね。素敵な絵画がなくても、大きな窓から見える夜景がとても華やかで」

夢中になって話していると彼が目を丸くしていて、はっとする。

「あ……すみません。好きって言っても、お料理の話ですよね。ひとりで先走って勘《かん》違《ちが》いしちゃって」

今日、私は亜理沙の代わりだっていうのに、序盤で躓《つまず》いてどうするのよ。

心の中で自分を叱咤《しった》していたら、久織さんがやさしく笑う。

「芸術的な感性を持っていらっしゃるんですね。ああ、お父様の会社にお勤めでしたら、いろいろな建築物を見る機会もあるのかな」

目を細める彼に、亜理沙からの〝久織亮〟の情報とギャップを感じて戸惑《とまど》う。

「あー、はい。……いや。でも私は総務なので、そこまでは。こっ、個人的に！　インテリアとか好きなんですよ～。海外の建築物も好きです！　美術館も！」

今の、おかしくないよね？　趣味としてだもん。不自然じゃないはず。

あくまで亜理沙として答えようと考えながら、どうにか話の帳尻《ちょうじり》を合わせる。不安と緊張で大騒ぎしている胸の内が漏れ出ないように、必死に笑顔を作って。

するとと、大人で落ち着いた雰囲気の久織さんが、ふいに無邪気《むじゃき》な笑顔を見せた。

「実は亜理沙さんは人見知りであまりお話をなさらないと聞いていたのですが、むしろ逆だった」

「えっ。す、すみません！」

「謝る必要ないですよ。僕もちょっと緊張していたんですが、明るい亜理沙さんのおかげで肩の力が抜けてきました」

久織さんの気遣《きづか》いは気持ちを和ませてくれる。私も強張《こわば》っていた表情が徐々に緩み、力が抜けていった。

「そうですか……？　あー、ほら、あまりに素敵なお店にいるから、どうやらいつもと違うテンションになっちゃってるのかも……？」

「ええ。なんだかこれまで挨拶《あいさつ》してきたご令嬢の方々とはまったく違った雰囲気で、可愛らしい」

さらりと『可愛らしい』と口にされて、ドキッとした。

社交辞令に決まってるのに、いちいち真に受けてどうするの。

だけど、一度意識したら顔が熱くなっていくのを止められず、私は俯いて必死に

『冷静になれ』と胸の中で何度も唱える。

「それで、亜理沙さんはよく海外にも行かれたり?」

「いえ。海外へは一度だけ。イタリアに」

話題がシフトして、ほっとする。

「イタリアか。陽気で明るいところですよね」

「そうですね。ついこっちまで笑顔にさせられていたかもしれません。フランスと迷った末に、イタリアにしたんです。ヴェネツィアに行ってみたくて」

大学四年の冬、内定ももらっていたしサークル仲間と一緒に旅行することになった。学生生活の最後、せっかくだし距離のあるヨーロッパ圏へ、と話し合った。その際、私がイタリアを熱望したのをきっかけに、行き先が決まったのだ。

数年前を懐かしんでいたところに、店のスタッフがドリンクと前菜を持ってやってきた。再びふたりきりになった後、彼が口を開く。

「ヴェネツィアには行った経験ないな。どんな感じなんです?」

「アクアアルタの時期だったんです。大変だけれど、そのときにしか見られない景色が印象的で。水面に建物が映し出されるんですよ。それがとても美しくて。夕暮れ時なんて言葉じゃ言い表せない」

今も目を閉じれば、水に浮かぶ街並みがありありと蘇る。

〝アクアアルタ〟とは秋から春の季節に見られ、季節風などの気象現象と満潮が重なって街が水没状態になる現象を言う。あの風景は日常では出会えない神秘的な景観で、スマートフォンでも撮影してSNSのアイコンに使用しているほど。

私は目の前に置かれた料理も忘れて、夢中になって言葉を続けた。

「ルネサンス建築は柱の高さや長さとか、調和が取れていて。シンメトリーの建物はなんだかずっと見ていられました。飽きないし、細部まで見ては感動しちゃう」

すると、久織さんが眼鏡のブリッジを軽く押し上げ、くすくすと笑った。

「よっぽど好きなんですね。あなたの話を聞いていたら一度見に行きたくなります」

「はい！　私、建築物も内装も興味があって。いつか自分の理想を形にできたらいいなって思ってるんです」

「形に？」

「マイホームです。いつか結婚して、夫と子どもと……家族を思って建てた家で楽しく暮らしたいなあ」

昔から、自分に家族ができたら、いつか家族みんなの特別な空間を――と考えていた。設計士やコーディネーターに頼るばかりではなく、自分が主体で理想の家づくりをしたいと思っている。だから、就職先もハウスメーカーなわけで。

とはいえ、インテリアコーディネーターとしてはアシスタントでまだまだ。日々雑用に追われている。それでも、毎日夢に触れられる場所にいられるのが楽しい。

「ああ。マイホームか。なるほど」

久織さんの相槌《あいづち》に、ギクッとする。またうっかり素になっていた。お見合いを前提にした顔合わせなのに、この場で『結婚』とか『マイホーム』ってワード出したら、婚活に前向きだって勘違いされちゃうじゃない。

慌てた私は、冷や汗をかきつつ話を戻す。

「そっ、そうそう！　ミラノで教会を見ていたとき、鳩《はと》のえさとかミサンガとか売りつけられそうになって、危なかったところを友達に助けてもらったりもしました」

「海外ではよくあるからね。気をつけないと」

「ですね。あ、喋《しゃべ》ってばかりですみません。いただきましょうか」

「そうですね。いただきましょう」

久織さんってすごく聞き上手。そのうえ私は話したがりっていうのもあって、ついつい口が動いちゃう。

私はテーブルの上のナイフとフォークを手に取った。テーブルマナーもあまり詳しくないけれど、マナーよりもこれ以上失言しないほうに注意を払わなければ。

サザエや海老《えび》が入った海鮮マリネにフォークを伸ばす。有名なレストランの料理を前に、いろんな緊張が入り混じって冷静に味わう余裕なんてなさそう。

海老を口に運ぶ直前、ふと久織さんを見たらとても優美な所作《しょさ》でカトラリーを扱っていた。彼がこちらに目線を向けるのを察して、わざと視線を皿に落として回避する。

「海外へ出ると世界観が一変するなあって思います。見知らぬ土地へ降り立つたび、新鮮な気持ちになれる。僕たち建設会社は海外でもビルを建てたりしますが、僕としては日本と同じものを作ろうとこだわってはいなくて」

そう語る久織さんが、今日一番の輝く表情をしていた。彼が親友のお見合い候補者とか、そういう背景をすべて忘れさせられる。思わず私は、彼に魅了《みりょう》された。

そんな彼が、今度は私に目線を合わせ、眉尻を下げた。

「亜理沙さんが言っていたみたいに、それぞれの国の文化や技術をうまく合わせて、各国の人々に愛されるものを造りたいんです」

眼鏡の奥の双眸《そうぼう》は純真な光を放っていて、釘付《くぎづ》けにならずにはいられなかった。

その後。キャビアやトリュフ、雲丹《うに》やからすみなど、日本だけでなく世界三大珍味に入る食材を使用した豪華な料理が運ばれてきた。ここのオーナーシェフは日本だけでなく、世界中から注目されている有名シェフ。当然腕がいい。それらの料理をいただいて、もちろん美味しいと感じてはいた。

しかし、それ以上に印象に強く残ったのは〝久織亮〟だった。


当初の目的を達成できないまま、久織さんが会計を済ませてしまった。私は焦《あせ》りを募らせつつ彼の一歩後ろをついて歩き、レストランを出る。

「亜理沙さん、このあとはどう……」

「あの！　私、こっ、婚約とか考えられないので！　大変申し訳ないのですが、今回のお話はここで終わりにさせていただきたく！　すみませんっ」

私は彼がこちらを振り返る瞬間に、勢い任せに言い切るや否や、深々と頭を下げる。

もっとスマートに断れば、今後の亜理沙の印象もひどいものにはならないのだろうが手遅れだ。やっぱり難しいよ。穏便に拒否するなんて。

がばっと上半身を戻して久織さんをちらりと見れば、ぽかんとしていた。私は気まずい空気をひしひしと感じる。一刻も早く解放されたいあまり踵《きびす》を返して、その場を離れた。

あ～もう！　私の下手くそ。久織さんがあんな顔するのも当たり前だよ。食事の間中ほとんど私が話をして、挙句《あげく》別れ際に不躾《ぶしつけ》な態度を取ったりして……。

自己嫌悪に陥っていたら、はたと気づく。

私、久織さんにごちそうになっておいて、お礼のひとつも言ってないじゃない！

迷った末に恥を忍んで、くるりと振り返り、彼の元へすたすたと戻る。勇気を出して久織さんの両眼を見ながら言った。

「今日はごちそうさまでした！　素敵なお店で食事ができてうれしかったです。では、さようなら」

彼は目を丸くするだけで、なにも言わなかった。逆になにか言われても困るだけだけど。私は逃げるようにそそくさと方向転換するも、背中に視線を感じる気がして悠長《ゆうちょう》になど歩いていられず、ついには走り去ったのだった。

2. あなたと婚約は、できません。

　あれから二日経った。

　あの日は、帰宅してすぐに亜理沙に電話をした。『亜理沙に聞いていた感じの人じゃなかった。縁談についてはたぶん断れたと思う』と説明し、亜理沙もほっとした様子だった。

　それで完全に話は終わった……はずなのに、油断すれば〝久織亮〟が頭に浮かぶ。

　紳士《しんし》的でやさしい雰囲気の男性だった。私の話もきちんと聞いてくれて、普通に楽しんでしまっていたくらいだ。亜理沙から耳にしていた冷たい態度だって欠片《かけら》もなかった。それどころか優美な笑顔。仕事の話をしていた際の真摯《しんし》で熱情を感じられた双眸は冷たさには程遠くて……。

「如月！　そこ、ひと桁間違《けたまちが》ってないか？」

「わあっ！　あっ……ほ、本当だ！　すみません！」

　背後からぬっと伸びてきた指が、パソコン画面を指し示す。作成中の見積書の額面が違っていて、私は思わずひやりとした。

「ありがとうございます、宮野《みやの》さん」

すぐさま振り返り、私の指導係でもある先輩の宮野さんにお礼を言った。彼は笑って軽く私の肩を叩く。

「いや。たまたま目についたから。気をつけないと」

「はい。すみませんでした」

私はもう一度頭を下げ、謝罪する。

彼、宮野将生《まさき》さんは、私の五つ年上の二十九歳。

学生時代はいろいろなスポーツをしていたらしく、さわやかな短髪にがっしりとした体格、明るく気さくな性格で、後輩の私にはもちろん、多くのクライアントからも好感を持たれている。普段はフレンドリーな雰囲気だが、仕事はきっちりとしていて出来る先輩だ。堅苦《かたくる》しくない感じはクライアントには好印象だろうし、裏ではしっかり仕事をこなしていて。私の憧《あこが》れであり目標にもしている人。

「それはそうと、もうとっくに昼の時間になってるぞ。早く昼飯食べて来ないと、午後イチで現場だろ?」

「あ、はい! 急ぎます」

仕事中で、しかも休憩時間を返上して見積書作成していたのに、雑念に負けてたらダメじゃん！　しっかり切り替えないと！

危うくミスしそうになった数字をすぐさま修正し、時計と睨《にら》めっこをして、きりのいいところまで終わらせる。それから、急いで手製のおにぎりを口の中に詰め込んだ。


午後、私は宮野さんと向かった現場チェックを終え、一緒に職場に戻っていた。

「あの遮光カーテン、ランクを上げておいて正解だな。陽当《ひあ》たりがいい分、グレードが低いものだと厳しかったと思う」

「以前、宮野さんが助言をくださったおかげです」

私は宮野さんのアシスタントを経て、今は担当を持ち始めた。が、完全にひとりでこなすまでには至らない。まだまだ覚えなければならないことや、わからない部分も多く、宮野さんにサポートについてもらっているのが現状だ。

今も私の名前で担当しているクライアントの現場ではあったけれど、こうして宮野さんがなるべくついてきてくれる。

「クライアントに納得してもらえたのは如月の人柄《ひとがら》と頑張《がんば》りだろ」

私は誉《ほ》め言葉に素直に喜んだ。

ハウスメーカーのインテリアコーディネーターとは、クライアントの要望をヒアリングし、部屋のインテリアコーディネートのお手伝いをする仕事だ。ひとりひとりの希望を汲《く》み取って、理想の空間を実現できるようアイデアを提供する。

今回のカーテンも些細《ささい》な違いだけど、きちんと納得してもらうのはすごく大事。

「俺、車取ってくるわ。如月は荷物あるし、この辺で待ってて」

「はい」

近くの駐車場へと足を向ける宮野さんの背中を見送る。私は職場の方向を考えて、道路を渡った。

五月の心地よい風を受け、辺りの街並みを眺めていると突然名前を呼ばれた。

「亜理沙さん……？」

——しかし、その名は私のものではない。

瞬時に状況を把握《はあく》し、私は焦る気持ちで振り向いた。

「く、久織さん!?」

久織さんと会ったのは一昨日のこと。だから彼の声だとすぐにわかった。……いや、それだけじゃないかもしれない。きっと、私が今日まで彼を思い返していたから……。

「仕事ですか？　総務でも外に出たりするんですね」

「え！　あ、は、はい。ちょっとしたおつかいっていうか！　久織さんこそ、お仕事ですか?」

「この辺りにビルを建てる計画があって。報告書より現場を見て回るのが一番いいんですよ」

「そ、そうなんですね!」

危ない危ない! 今、私はあくまでも〝亜理沙〟。勘づかれないようにしなきゃ。もう少ししたら宮野さんが来ちゃうし、早めにこの場を切り上げないと! でも私がここから移動するのはダメだから、久織さんに立ち去ってもらわなきゃ。

「それはそうと、亜理沙さんにまた会えてよかった。土曜は連絡先も聞けないまま別れてしまったので」

「えっ?」

私が懸命《けんめい》に策を考えていたら、久織さんは邪気《じゃき》のない笑顔を見せた。

私はいい方法が思い浮かばない焦燥感《しょうそうかん》に加え、彼の好意的な言動にも翻弄《ほんろう》される。

だって、一緒に食事をした日、別れ際にあんな失礼な態度を取ったのに。『会えてよかった』などと好意的な態度を取られるとは想像もしなかった。

「実はあのあとすぐ、店の人が外に出てきて亜理沙さんの分と一緒に傘を渡されたんです。店を出たときには晴れてたから忘れてましたよね」

「あ……！」

傘！　そういえば、傘をさして行ったんだったっけ。今日まで雨の日はなかったから、すっかり忘れていた。

「あいにく今は持ち合わせていませんが、車に置いてあります。良ければ今日の夜にでもお会いできませんか？」

久織さんの誘いにドキッとした。同時に胸が微かに軋《きし》む。

さっきの『会えてよかった』は、忘れ物を渡したかったから。ほかに理由なんかないのだ。

私は小さく噛んでいた唇を開き、意識して口角《こうかく》を引き上げた。

「いえ、わざわざ時間を割《さ》いていただくのも申し訳ないですし、高価なものではないので処分してしまって結構《けっこう》です」

なにを期待したの。彼が私に気があるはずない。そもそも、彼の瞳に映っているのは私じゃない。私が彼へ特別な感情を抱く権利なんかない。

私は〝亜理沙〟の名を騙《かた》る偽物《にせもの》なんだから。

宮野さんがもうすぐ来ることを気にする余裕などなく、くるりと踵を返して歩きだした。とにかく一刻も早く久織さんに背を向け、離れたかった。

速足で立ち去ろうとした数歩目のとき。久織さんが私の手首を掴《つか》んだ。

「よければ番号かIDを教えてもらってもいいですか？　傘を渡すのに、日時の連絡が取れるようにしたいので」

「や、本当に傘は……」

「いくら許可されたとはいえ、できれば人のものを処分するのは避けたいんですが」

言葉を遮られて聞こえた声は、さっきまでより少し低く、空気がピリッとした。私は小さく肩を上げ、ぽつりと答える。

「す、すみません」

私の反応は厚意を無下《むげ》にされたって思われても不思議じゃないもの。いくら温厚な久織さんだって面白《おもしろ》くないはずだ。

手をぎゅっと握って俯いていたら、やさしい声で囁《ささや》かれる。

「というのは口実で、僕はもう一度あなたに会いたいとずっと思っていたんです」

どうして……？　普通だったら、あんな失礼な態度で別れたのなら、腹を立てているか気まずくて会いたくないと思うかなのに。

そろりと顔を上げれば、目の前の彼は眼鏡の奥の目を柔らかく細めていた。その表情はそこらの雑誌に載《の》っているモデルよりも魅力的で、思わず意識を奪われる。

「今夜じゃなくても構いません。亜理沙さんの都合のいい日を知らせてください」

彼はポケットからスマートフォンを取り出して、スイスイと操作をする。

「ご、ごめんなさい。スマホは……会社に置いてきてしまって」

もちろん、この場を凌ぐでたらめだ。私のスマートフォンはバッグの中にある。

「では、僕のスマホから発信履歴を残しておけばいいですね？」

久織さんが発信画面を開き、私を見た。これ以上は逃げようがなく、私はしぶしぶ携帯番号を伝えた。その場で電話を掛けられる瞬間、ハッとしてスマートフォンの入ったバッグを握る手に力を込める。

着信をきっかけに気づかれたらマズイ、とひやりとした直後、バッグの奥から振動を感じる。しかし、すぐに止まったのでほっと胸を撫で下ろした。ここが屋外だったのも、振動音に気づかれずに済んだ理由のひとつだろう。なんにせよ助かった。

「これで大丈夫ですね。連絡待ってます」

「……は、はい」

そうして、彼は颯爽《さっそう》と去っていった。スマートフォンをそっと取り出すと、一件の不在着信が表示されていて複雑な心境に陥る。

今にもこの場で崩れ落ちそう。私はかろうじて体勢を保って、胸に残る感情と向き合う。本音と建前《たてまえ》でぐちゃぐちゃだ。

私が傘を忘れるなんてドジを踏んだがために、また会う羽目《はめ》になった。久織さんを騙《だま》しているんだから、そう何度も顔を合わすべきじゃないのに。落ち着いて考えたらわかることも咄嗟のことで機転も利かせられず、結局私の連絡先まで教えてしまった。

しかし、すべてを取っ払って残るものは……彼に『会いたいとずっと思っていた』と言われ、うれしいというシンプルな気持ち。それがなにより厄介《やっかい》だ。

彼は、やっぱりとても紳士的でやさしいと思う。亜理沙の感想とは大違い。彼なら別に私が代役で行く必要もなかったんじゃ……。初めから、亜理沙本人が会っていれば、お似合いのふたりだったかもしれない。そう思う反面、心の奥で嫉妬《しっと》のような感情が湧いてくる。

私はそれに気づかぬふりをして、宮野さんを待っていた。


宮野さんと合流し、職場に戻った頃には動揺も落ち着いていた。

私はクライアントとの打ち合わせを一件済ませ、プレゼン資料や発注書の確認に追われていた。あっという間に退社時刻の七時を回っていて、おもむろにスマートフォンを手に取る。迷いながらも登録した《久織さん》の文字を表示させた途端、昼間の出来事が蘇った。

とりあえず、久織さんに連絡しなくちゃ。それにしても、本社の上層部の立場であっても、時間を見つけて現場に赴いたりするんだなあ。そういや、一緒に食事していたときも感じた。久織さんは恵まれた環境下にいる人なのに、それに驕らず仕事に熱心で情熱を持つ男性なんだなって。

目を閉じて彼の魅力を確かめているうち、ふいに胸がざわつく。

似たような業種だ。彼が進んで現場に足を運ぶ人なら、いつか私の仕事中にも出くわすかもしれない。まあ、向こうは大きなビルや商業施設、橋など規模が違うから滅多にかかわる機会もないか。一瞬ひやりとしたけど、あまり心配しなくても大丈夫かな……。今はそれよりも、連絡！　電話は勇気いるから、ショートメールにしよう。

私はスマートフォンをメール作成画面に切り替えた。まるで仕事の一環みたいに真剣に向き合い、ふと思う。

――『僕はもう一度あなたに会いたいとずっと思っていたんです』

久織さん……。あんなふうに言っていたのって、私の言葉が上手く伝わってなかった？『口実』だなんて言われたら……。いや。自惚《うぬぼ》れるな。きっと〝大迫亜理沙〟と結婚したいんだよね。

手元のスマートフォンのディスプレイが真っ黒になり、私は項垂《うなだ》れた。

私的にははっきり縁談を断ったと思っていたけれど、帰り際にバタバタと伝えたし……何度思い出しても、動揺しすぎていたせいで任務を遂行《すいこう》できたか自信がない。あの気まずい空気をもう一度味わわなきゃならないの……？　いくら今後会う予定のない相手とはいえ、二度も断るのは気が重い。大体、こんな平々凡々《へいへいぼんぼん》な私が、ハイスペックの男性との縁談を断るって画《え》がどうもしっくりこない。

深いため息をスマートフォンに落とし、再びロックを解除してメール作成画面と向き合った。

どうしようか。どちらにしても傘を受け取らなければならない。結局もう一回会わざるを得ないのなら、早いうちがいいんじゃ……。それに、亜理沙の縁談話に繋がるものだ。ずるずると半端《はんぱ》な状態でいたら、亜理沙も久織さんも困るよね。勢い任せだったとしても一度引き受けた話だし、最後までやり遂《と》げないと。

決意を固め、スマートフォンに指を滑らせる。手早く操作を繰り返し、スイスイと文字を入力し、送信マークをタップした。その後、職場である展示場を出たときに着信が来た。私は駅へ歩きながら通話し始める。

『もしもし、史奈ちゃん？　メッセージの内容、どういうことなの？』

さっき私が送ったメッセージの相手は亜理沙だったのだ。

すぐさま電話を掛けてきた亜理沙に、私は冷静に返答する。

「亜理沙。実はね、今日たまたま会ったの。彼と」

『えぇっ……そんな偶然……』

「ね。私もびっくりした。で、私土曜日にうっかりお店に傘を置いてきちゃって、それを預かっているからって言われて」

亜理沙へは簡潔に《もう一度、久織さんに会うことになりそう》と入れた。事情を説明するや否や、亜理沙が狼狽《うろた》えるのが電話越しにでも感じ取れた。

『そう……。大丈夫なの……？　なんていうか、危なくはないのよね？』

「うん。たぶん大丈夫だよ。それにね。前回断ったのが上手く伝わってなかった可能性があって。今度こそきちんと言ってくるから」

『ご、ごめんね……。面倒な役を無理やりお願いして』

亜理沙はあからさまに声を落とした。

確かに今回は亜理沙にはめずらしく、結構強引に押し切られた感じもある。だとしても、最終的に承諾したのは私。その時点で、責任は私にもある。

「まあ楽な内容ではないけど、これできっと終わるしさ！　代わりに土曜は憧れだったレストランで美味しい料理食べて来られたし！　じゃ、このあと彼に連絡するから。詳細とか、またメッセージ入れとくね」

『……うん』

亜理沙との通話を終えて、「ふう」と息をつく。同時に一度足を止めた。

私は手に持っていたスマートフォンをしまわず、久織さんにメッセージを送る。

あいにく、受け持っている仕事が立て込んでいるのもあって、休みの日でお願いせざるを得ない。今週は木曜日と金曜日が休みだから、そこを提案した。〝亜理沙〟は平日が仕事なのを考慮《こうりょ》し、あくまで〝仕事後の待ち合わせ〟設定で。

そして、自宅へ向かう電車に揺られているときに返信が来た。

《連絡ありがとう。金曜日はどうしても外せない仕事があるので、木曜日でもいいでしょうか？》

久織さんって、メッセージも丁寧《ていねい》な言葉遣いなんだな。

そういうところが私にとってはなんだか好印象で、思わず顔が綻《ほころ》んだ。

木曜日。待ち合わせは虎ノ門《とらのもん》ヒルズに六時半。久織さんは現場をはしごしていて、最後の現場の最寄《もよ》りの場所がそこらしい。ちなみに、今日久織さんと会う件はすでに亜理沙に報告済み。

私は日中インテリアショップ巡りに時間を費やし、約束の場所には六時過ぎに到着していた。ギリギリよりも余裕があったほうがいい。ただでさえ緊張する相手との待ち合わせだ。気持ちを落ち着ける時間は一分でも多く欲しい。

初めのうちは辺りをきょろきょろと見て、彼がどっちから来るかと予想を立てたりしてみた。が、そんなことをしていればずっとそわそわしてしまうから、スマートフォンを取り出して気を紛《まぎ》らわせた。

興味のあるインテリアや海外の記事を流し読みしながら、時折ディスプレイの上部にある時刻を確認する。今はもう六時四十分。待ち合わせ時間を十分過ぎている。

仕事忙しいんだよね、きっと。待たされるのは全然《ぜんぜん》構わない。ただ、私と約束をしているせいで仕事中も気にさせているかもと思うと、申し訳なくなる。

変わらず手元に視線を落とし続けていると、横からトン、と肩を叩かれた。

「ごめん、待った？」

パッと顔を上げた瞬間、思わず眉間《みけん》に皺《しわ》を寄せて「は？」と漏らした。

私を見て胡散臭《うさんくさ》い笑顔を振りまくのは、見知らぬ男。

年齢は大体《だいたい》私と同じくらいだろうか。トップが長めのツーブロックの髪色は明るく、ピアスにネックレスに指輪と見た目からチャラチャラしてる。服装こそシンプルな色合いのスーツで派手《はで》さはないけれど……なんだろう。全身から軽薄さが窺える。

「ぷっ。悪い悪い。君、ずっと誰かを待ってるふうだったからさ。ちょっと演技してみましたー」

「わかってるなら声掛けないでください」

私たちの前を通過する人たちの視線が痛い。ふいっと身体《からだ》ごと背けて冷たく言い放つも、男は再び私の顔を覗き込む。

「怒らないでよ。お詫《わ》びに話し相手になっとくからさ」

「結構です。それ、お詫びになってないし」

「あはは。厳しいね。なかなかそうやってはっきり返してくる子はめずらしいよ。興味わいたなあ。待ち合わせって友達？　彼氏？」

香水のにおいもきつくて、堪《たま》らずしかめっ面をする。息を止めているのもあり、私は言葉を発さなかった。無言で拒絶オーラを漂わせるも、男は無神経なのか鈍感なのか、構わず距離を詰めて話し続ける。

「俺、こう見えて付き合うと一途《いちず》になるタイプなんだよねー」

私は我慢の限界がきて、きつく睨みつけて口を開く。

「いい加減《かげん》にっ……く、久織さん！」

すると、男の奥に久織さんがいるのに気づいた。目を丸くしていたら、久織さんがにこりと微笑を浮かべる。

「こちらの男性は知り合い……？　じゃ、ないみたいだね」

久織さんは私の表情から察し、私と男の間に入って距離を開けてくれた。私を背に回し、男と対峙する。

「彼女になにか用でも？」

「い、いやあ。ちょっと世間話を」

久織さんの陰から見えた男は、狼狽えた様子だった。

久織さんは終始柔らかな口調で対応しているものの、ナンパ男と比べて背は十センチくらい高いし、やっぱり大手ゼネコンの上層部にいるだけあって漂う風格が違う。それを相手の男も感じ取っているのだろう。下手《へた》に出ては、今にも逃げ出そうとしているみたいだ。

久織さんに守られ、ほっとして気を抜いた瞬間。しなやかな片腕に身体を絡めとられ、久織さんの懐《ふところ》に密着させられる。時間差でふわりと鼻孔《びこう》を擽《くすぐ》るのは、重みもありつつ若草を思わせる爽やかなフゼアノートの香り。さっきの具合の悪くなるようなにおいとはまったく違う。

「俺が先約だ。彼女は返してもらうよ」

彼は私の肩を抱き、重低音の声でそう言い放った。

すぐに男は去っていって解決したというのに、私は自分の激しい動悸《どうき》にそれどころじゃなかった。

「亜理沙さん？　大丈夫ですか？」

「はっ、はい！　平気です！」

久織さんの顔を見られなくて俯いていたせいで、変な心配をかけたのかも。私が慌てて久織さんを見上げたら、彼は申し訳なさげに眉根を寄せていた。

「本当にすみません。僕が遅れずに来ていれば……」

「そんな！　ついさっき声かけられただけで、なにもありませんでしたし！」

彼が気にしているのがひしひしと感じられて、私はつとめて明るく振る舞った。

「それに久織さんがすぐに助けてくれたので。すごく心強かったです。ありがとうございます」

平気だ、と必死にアピールしたら、久織さんは徐々に表情を緩めていった。眼鏡越しに見える細めた目に、一瞬で心を奪われる。

「それならよかった」

安堵《あんど》と含羞《がんしゅう》が入り混じった表情を浮かべたのを見て、こっちまで照れてしまって頬が熱くなる。

久織さんは肩を抱いていた手を離し、ごく自然に私の手を取った。

「あっちの駐車場に車を停《と》めてあります。行きましょう」

手を握られた事実に、中高生のごとく狼狽える。久織さんはおどおどとしている私に目尻を下げた。彼のこちらを気遣うような微笑みで、ふと気づく。

ああ、そうか。今しがたナンパされたから、もう同じ目に遭《あ》わないために手を繋いでくれているんだ。

理由がわかれば鼓動のリズムも落ち着くかと思ったら、全然だ。重なる体温に全神経がいってる感覚はするし、緊張で手が汗ばんでる気がして恥ずかしくなってきた。

駐車場はすぐ近くだった。私たちはシャープなラインの黒い車の前で足を止める。

そこでようやく彼の手が離れていき、ほっとした。

久織さんはナビシートのドアを開け、「どうぞ」と口角を上げる。

「失礼します」

車に乗るときにエスコートされるというのは初めて。一挙一動《いっきょいちどう》を見られているだけで、ただシートに腰を下ろす行動がひどく難しく感じられた。どうにか無事に座ってシートベルトを締めた。

車内には酔うようなきついルームフレグランスの香りはない。でもほのかに香るこのにおいは……久織さんのものだ。数分前、抱き寄せられた際に感じた香りを記憶している。同じ香りから、あの場面が脳裏《のうり》に浮かび、頬が熱くなる。

目を閉じ、軽く頭を横に振って気を紛らわせていたら、反対側のドアが開いた。久織さんがドライイビングシートに落ち着き、シートベルトを締めてエンジンを掛ける。

車に乗ればする普通の行動なのに、なぜか彼の動きはひとつひとつが美しい。うっかり端正《たんせい》な横顔に見入ってしまいそうで、視線を逸らしてはほかに意識を向けた。

車内をちらちらと窺って、ぽつりとつぶやく。

「なんか……久織さんの車って感じがします」

手入れの行き届いた車。なものも置いてないし、すっきりとしていてなんとなく久織さんらしい。……なんて、私は彼についてなにも知らないくせに。

久織さんは私の発言に一瞬目を丸くした後、小さく吹き出した。

「はは。そんなこと初めて言われました。ちなみに、どういう部分がですか？」

「えっと、整然としてて。礼儀正しい久織さんのイメージ通りっていいますか」

「亜理沙さんにとって、そういうイメージなんですね」

「は、はい！　きっと久織さんはお部屋も綺麗《きれい》なんでしょう……ね」

言い終わる直前に、はっとする。

今の言い回しだと、暗に久織さんの部屋に興味があって、久織さんの家に行ってみたいってアピールと受け取られるんじゃ……。うまくごまかせたって調子に乗って、ぺらぺらと話をするから！

しどろもどろになり、困った私は口を噤《つぐ》んでそろりと久織さんを見た。

だからって、なんて言うつもり？　『別に久織さんの家に行きたいって意味じゃありません』って？　逆効果じゃない？

彼はずっと私を見ていたようで、すぐに目が合った。そして、比喩《ひゆ》しがたいやさしい表情を浮かべる。

そんな顔されたら、あたかも私が特別みたいな気持ちになるじゃない。

私は久織さんを見ていられなくて、ふいっと視線を外した。ドクドクと早鐘《はやがね》を打つ心臓に手を当てる。

「ああ、そうだ。肝心《かんじん》のものを先に渡しておきましょうか。はい。忘れ物です」

視界の隅に見覚えのある柄が入る。私は折り畳み傘を両手で受け取った。

「すみませんでした。ありがとうございます」

「亜理沙さんはこういう北欧《ほくおう》デザインが好きなんですか？」

「えっ」

「それ、そうですよね？　シンプルで自然を感じるデザインですし」

私の手の中にある傘は、薄いグレー地にレモンイエローのミモザ柄がプリントされている。私は昔から、北欧デザインのものに惹かれていた。明確なきっかけは特にないけれど、温かみがあって好き。

「はい。雑貨店やインテリアショップへ行けば、無意識にこういうデザインに目がいってしまって」

宙を見て、パッとイメージを思い浮かべる。いつか手掛けたいと思っている自分の家も、シンプルさの中にところどころアクセントで北欧デザインを取り入れたい。

「じゃあ、亜理沙さんが思い描く将来の家は、北欧デザインの家なんですね」

久織さんの発言がタイミング良すぎて驚いた。

私が数秒固まっていると、久織さんは苦笑いを浮かべて言う。

「あ……違いましたか？」

「いいえ。その通りです」

この人は、ちゃんと相手の気持ちに寄り添って話を聞いてくれる人だ。だからまだ数えるほどしか会っていなくても、こんなにすらすらと自分の話をしてしまう。大企業に勤めていて、しかも次期社長ともなれば取っつきづらいと思い込んでいた。

「すっかりここで話し込んでしまいましたね」

久織さんはくすっと笑って言った。

話は一段落した感じだけど……やっぱり傘だけ返してもらって『ありがとうございます。さようなら』とはいかないよね。

一瞬、逃げの思考が過《よぎ》った。直後、久織さんが破顔《はがん》する。

「まず食事をしましょうか。行き先の希望はありますか？」

「い、いいえ。特にありません。お任せします」

「でしたら実は考えていた場所があります。日本料理はいかがでしょう？」

「はい。私はどこでも」

「約束した日から、亜理沙さんと行きたいなあと思っていたのでよかったです」

久織さんは眼鏡のブリッジを中指で軽く押し上げ、はにかんだ。途端に私の心音は大きくなり、頭からつま先まで全身が熱くなる。

そこに電話の着信音が聞こえてきた。この音は私ではない。久織さんだ。

「すみません。すぐに終わらせるので、電話に出てもいいですか?」

「もちろんです。私にはどうぞお構《かま》いなく……あっ、席を外しましょうか!」

慌ててシートベルトに手を掛けたら、ふいに彼に手を重ねられる。

「いえ。大丈夫ですから、このままで」

にこっと白い歯を見せられた途端、私の胸はときめいた。久織さんはと言えば、終始落ち着いていて、私からそっと手を離して着信に応答している。

あまり聞き耳立てるのはよくないとは思いつつ、どうしても話し声を聞いてしまう。どうやら仕事の電話みたい。

ちらりと久織さんを横目で窺う。なにげなくスマートフォンを持つ手を見た。

綺麗な手。指はすらりとして長く、高級そうな腕時計もとても似合ってる。あの手がさっき私に触れて……。

そこまで考えて我に返る。油断していたらまたドキドキしちゃってる。

私は自分の気持ちをごまかすために、あたふたと自分のバッグにあるスマートフォンに手を伸ばした。別になにすることもないが、手持ちぶさたを解消するため。

すると、ホーム画面にメッセージの着信が表示されていた。気になって見てみれば、相手は亜理沙だ。

横目で久織さんを見て、まだ電話は終わらなそうだと判断してメッセージを開く。

《史奈ちゃんが気になって、私も虎ノ門ヒルズにちょっと立ち寄ってみたんだけど》

亜理沙、わざわざ心配して様子を見に来てくれてたんだ。でも会えなかったな。いや、会えるわけないか。私たちふたり一緒にいるときに久織さんが来ていたら、余計にややこしくなるだけだったし。

そう考えながら、後半の文面に目を落とす。瞬間、心臓がぞわりと震えた。

「お待たせしてすみません。それじゃ、移動しましょう……亜理沙さん？　どうかしました？」

亜理沙のメッセージに意識を持っていかれていたため、彼が電話を終えたのに気づくのが遅れた。きっと不安げな顔を見せたんだと思う。

私は笑顔を作って、全力で演技をする。

「いえ。なにも」

本当は心臓は暴れまわっているし、手に汗もかいている。声だって裏返りそうなほどだったのを、どうにか冷静なふりを通したつもり。

彼に私の動揺を見破られてはいまいかとハラハラしつつ、笑顔を作り続ける。

「そうですか？　じゃあ、出発しますね」

どうやら彼に悟《さと》られなかったみたい。ほっと胸を撫で下ろしたものの、徐々に車がスピードを上げるのを感じ、ここから逃げ出せない事実に不安が過る。

私はバッグの中にスマートフォンをしまうふりをして、最後にもう一度だけこっそりとディスプレイを見た。

《史奈ちゃんと一緒にいる人は久織亮さんじゃない》

いつもなら可愛いイラストを含めて送ってくる亜理沙が、文字のみを送信してきた。それは、亜理沙も動揺していた証拠だろう。

彼が久織亮じゃない……？　だったら、いったい私の横にいるこの人は誰だって言うの……!?

膝《ひざ》の上の手をぎゅうっと握る。ふいにナンパ男から助けられた場面が頭に浮かんだ。

――『俺が先約だ。彼女は返してもらうよ』

普段は温厚な久織さんの空気が一変した。言葉遣いも視線も鋭いもので、ドキッとした。もしも、あれが彼の本性だったら……？

いくら考えても、彼の正体の答えは出ない。

そうしているうち、目的地に到着したようで、車は駐車場へと入っていった。ここは銀座。さっき道路案内標識で見えた。

彼はエンジンを止め、シートベルトを外しながら言った。

「着きました。この店は僕のお気に入りなんです。亜理沙さんも気に入ってくだされぱいいのですが」

別人……とまでは言わないにしても、やっぱり今とさっきとでは雰囲気が違う。ナンパ男を威嚇《いかく》して以降は『僕』に戻ってるし……。いや。私の前でだけ素性《すじょう》を隠して演じてる……？

否が応でも警戒する。だって、いきなり身元がはっきりしない男性とふたりきりで食事することになったんだもの。あのあと亜理沙からは、《なにかあったらすぐに電話して》ってメッセージは入っていたけど……。

もやもやしている間に、彼はドアを開けて手を差し出した。私はおずおずと手を重ね、車から降りる。

「足元に気をつけてください」

駐車場を抜けると砂利の道があり、ヒールの靴だと歩きづらいと気遣ってか彼が再び手を貸してくれた。言動すべてが紳士的でどぎまぎする。

これまで向けられた笑顔が、偽物だとはどうしても思えない。そう思う時点で、もう私は彼に絆されてる。正体不明の相手と手を繋いでいるというのに、ドキドキしている自分がいる。

藍色の暖簾《のれん》をくぐって店内に入れば、格調高い雰囲気に一瞬さっきまでの不安を忘れ、口から感嘆の声が零れていた。

「竹……？」

視界に入ったのは竹藪《たけやぶ》。上品な照明に照らされている竹は、どうやら本物らしい。濃い緑色が美しく、昔京都《きょうと》で見た素晴らしい竹林を思い出す。

まじまじと見入っている間に、やさしそうな女将《おかみ》がやってきた。

「いらっしゃいませ。お待ちしておりました、久織様」

「えっ」

うっかり声を上げてしまった。

だって、今確かに『久織』って。女将は彼の顔を見るなりはっきりと言っていた。いったいどういうこと？　彼は久織じゃないんじゃないの？

内心大きく狼狽えていると、彼と女将の視線が私に向けられたのに気づき、慌てて説明する。

「あ、ええと、お名前を覚えられているくらい……いらっしゃってるんだなあと」

おかしな発言はしていないよね……？

亜理沙のメッセージ後から、自分の言動にいちいちひやりとする。

「久織様にはいつも懇意《こんい》にしていただいております。今日はめずらしく可愛らしいお連れ様でいらっしゃいますね」

「彼女は建築物や内装に興味があるみたいなので、こちらが真っ先に浮かんだんです。板前の腕も一流ですし」

「ご贔屓《ひいき》にしていただき光栄です。どうぞ奥へ」

ふたりを注視して会話に耳を澄ませるものの、不審《ふしん》な点はない。嘘をついている様子もなければ、怪しい動きもない。ともなれば、ますます混乱する。

〝久織亮〟じゃないはずの彼は、私の前だけでなく〝久織〟として普段から生活をしている……？

悶々《もんもん》と考え込んでいたが、店内に一歩足を踏み入れた瞬間、すべてを忘れた。

「わあ……！」

和の魅力が詰まったモダンな空間に、思わず声を上げた。

隠《かく》れ家《が》的な割烹《かっぽう》店らしく、入り口からここまで派手さはなかった。それは店内も例外ではない。けれども、和の温もりや落ち着きが感じられる。

クリーム色の壁の中に、一か所だけ鶯《うぐいす》色のアクセントクロス。半個室の席には丸い窓と、折り紙で球体を折ったみたいな凝ったデザインのランプシェード。明るすぎない光は、リラックスして食事ができる。そして、カウンター席は周りの席より照明が一段階明るく、さながらスポットライトを浴びたステージだ。立っているのは真っ白な帽子と制服を纏い、真剣な面持ちで調理している板前さん。

先に進んでいた女将が口を開く。

「カウンター席でと伺いましたが、よろしいですか？　奥の個室も空《あ》いていますよ」

「亜理沙さん。もしカウンター席より個室が良ければ変更してもらいますが」

ふたりの視線を受け、私は遠慮《えんりょ》がちに答える。

「いえ、私は構いません。むしろ、ここのほうが店内の雰囲気を感じられていいかも」

「かしこまりました。では、お好きなところへお掛けください」

女将はにっこりと笑って、一度裏へと下がっていった。

「いつもであれば個室のほうが落ち着くかなと考えるところですが、亜理沙さんは店の空間を楽しめるほうがいいかなと思いまして」

「そこまで考えてくださってありがとうございます。とても素敵なお店ですね。うっとりしちゃう」

私は周りに迷惑にならない程度に辺りを見て、カウンター席の中央に腰を下ろした。

深みのある光沢《こうたく》を帯びたテーブルに手を添えた瞬間、温もりを感じる。

いざ座ってみれば正面の板前さんの仕事が細部まで見られる。これって、カウンター席のお客さんの視線まで計算して設計したんじゃないだろうか。

ひとしきり店内の空間を堪能《たんのう》し、恍惚としていたら隣《となり》に座った久織さんが言う。

「ここは、昔うちで働いていた社員が独立して作った内装らしいです」

「え！　そうなんですか！　それは会社としては手放したくなかった人なんじゃないんですか？」

「僕は一緒に仕事をしたことのない方ですが、正直言うとそうですね。一緒に仕事をしてみたかったと思いました。しかし、それ以前に僕は彼女のファンなので。どこにいても応援しています」

私はすっかり本物の〝久織亮〟の件も忘れ、目の前の久織さんの話に真剣になる。

「女性の方なんですか？」

「ええ。この業界は特に昔は男社会なところがあった中で、必死に自分の居場所を作っていたようですね。僕が尊敬する人のうちのひとりです」

目尻を下げる彼の横顔を見つめていたら、ふいにこちらを向かれてドキリとした。

「久織さんはひとりひとりの社員を見て、大切になさってるんですね。言動からそう感じられます」

慌てて顔を背けて言ったが、決して取り繕《つくろ》ったわけじゃない。彼が本当は誰であっても、私が知る久織さんには、本当に真摯で真面目な印象しかない。

彼は目をぱちくりとさせたのち、ふっと相好《そうごう》を崩した。

「僕はひとりじゃなにもできないですから。多くの人たちから力を借りないと」

謙遜《けんそん》が過ぎると嫌味《いやみ》に感じたりもするけど、彼の場合はやさしい人柄のため、まったくそれがない。だから、自然と肯定的な言葉が出てくる。

「そうやって、『ひとりじゃなにもできない』って認めるのは案外難しいと思います。きっと久織さんは社内でも人気があるんでしょうね！」

私だったら、『ひとりでは無理』と本音を零すには、ちっぽけなプライドが邪魔《じゃま》をしてなかなか言えないと思う。言えたとしても、ごく一部の心を曝《さら》け出せる相手だけだろう。自分を客観的に捉えられるのは、簡単そうで難題だってなんとなくわかる。

彼はそれをさらりと認めた。

顔もよくて性格もいい。さらには、仕事に対する信念もあるなら、絶対社内外問わず好かれているに違いない。

私が夢中で称賛《しょうさん》すると、何事も完璧《かんぺき》に受け止める彼が薄っすら頬を染め、ふいっと視線を落としてぽつりとつぶやく。

「いや……どうでしょうか。僕にはわかりませんが」

照れ隠しなのか、片手で覆うようにして眼鏡を直す彼に胸がきゅっと鳴った。

「僕はプライベートでもついつい仕事に話がいってしまいがちで……。社外でまでこういう話題は敬遠されるかなあと」

「私はそうは思いません。久織さんの場合、仕事の話って言っても暗い話題やミスを責めたりするものじゃないと思いますし。まだ久織さんと二回しかこうして会っていませんが、なんというか……私もすごくいい刺激がもらえるんです」

正体はわからない。でも、おそらく彼は実際に久織建設を経営する側の人。言葉の端々《はしばし》や振る舞い方から上に立つ人だって私ですら感じる。そんな彼の仕事や未来のビジョンの話は刺激的で触発される部分がたくさんあった。

私が熱弁を振るうと、久織さんは口元を綻《ほころ》ばせた。

「実は亜理沙さんなら、そういう僕とでも楽しんでくれるかなと思ったんです。現にここに来てすぐ席にも着かず辺りを見て、メニューよりも先に内装に目がいっていたでしょう?」

「ああー。もうそれは職……あ、いや、建築物とか好きすぎて！　つい！　それこそ、周りには苦笑される感じです」

うっかり『職業病』と言いかけて思いとどまる。危ない危ない。また素になっていた。今、私の職種は事務で、インテリアコーディネーターではない。

自分に再度言い聞かせていると、彼は特に気にもせずニコリと笑った。

「僕はいいと思います。趣味が高じて仕事になったりしますし、せっかくですから空間デザイナーとか目指すのはどうですか？」

「いやあ……そうですね」

空間デザイナーという名称ではないものの、現在就《つ》いているインテリアコーディネーターは職業的にはかなり近い。

その後も私は核心に迫られるような話題は適当にごまかしつつ、板前こだわりの料理に舌鼓《したつづみ》を鳴らした。

割烹店を後にして、私は再び久織さんの車に乗っていた。

傘も受け取って食事も済んだ。あとは帰るだけ。そう思っていたら、彼が『ちょっとだけ寄り道してもいいですか？』と尋ねてきたので、私は迷いながらも『はい』と答えてしまった。

正直、亜理沙のメッセージの直後だったら断っていただろう。彼の正体がわからない恐怖に耐えられなくて。しかし、今はやっぱり彼が悪意を持って嘘をついていると は思えなかった。だから逆に、こんなに気遣いができてやさしい人が、名前を偽って亜理沙《私》を騙す理由が純粋に気になった。

身の危険は感じられないのなら、誘いに乗って、探ってみようか。あわよくば彼に気づかれず手がかりを得て、真相を掴めたなら百点だ。

そんな下心から、私は亜理沙へとりあえず無事な旨《むね》をメッセージで送って、彼とともに四十階まである高層ビルに上った。展望室からお台場《だいば》や東京タワーを中心にした夜景を観覧し、綺麗な景観に感動する。

「うわあ。光の粒がすごい」

「確かにすごいな。滅多に見ないので圧倒されますね」

「ビルがたくさん……。この見える範囲にどれだけの人たちが生活しているのかと思うと……はあ。なんかよくわかりませんが、不思議な気持ちになります」

「願わくば、その人たちの生活をもっと豊かで明るいものにする手伝いをさせてもらいたいですね。笑顔が子どもたちへ連鎖していく空間をたくさん増やしていきたい」

さりげなく返された言葉にまた感銘《かんめい》を受ける。

私もインテリアコーディネーターの端《はし》くれだ。クライアントの生活を豊かにしたいとは思っていた。けれども、笑顔を連鎖させていくとまでは考えていなかった。

私は無意識に、依頼を受けた人たちが喜んでくれたらそれで終わりだと思っていて、次の世代に伝えていくところまでは考えが及ばなかったから。私たちの仕事は、建物や部屋を完成させたら終わりというわけじゃないのに。その空間は、その日から毎日誰かが生活していく大切な場所。

彼は、そういう風景を自然と考えられるんだ。それに気づくと、私の瞳には夜景じゃなく、彼だけが映し出されていた。

彼の正体も真相もなにもかも忘れて……。

ふいに私の視線に気づいた彼が、ふっと微笑んだ。私はドキドキ騒ぐ心臓を落ち着けるべく、ガラスに張りついて再度東京を一望する。

彼に心酔《しんすい》している場合じゃない。彼の素性云々《うんぬん》もさることながら、私は重要な役目を果たさなければならないのだ。そう。亜理沙として、お見合いの話を断らなければ。

……なのに、こんなにも彼に心を惹かれる。

もっと話をしてみたい。彼がどんな考えを持ち、どういう未来を思い描き、これからどうやって歩みを進めていくのか。

隣にいるだけで刺激を受けて、自分の世界が広がっていく予感がする――。

ガラスに反射する彼の姿が視界に入り、はっと我に返る。

ただでさえ食事も普通に楽しんでしまったし、今日はきちんと意思表示をして承諾をもらわなきゃ。

私は夜景を眺めるふりをしつつ、話を切り出すタイミングを計る。隣で静かに夜景を見下ろす彼に、心の中でカウントしたのち視線を向けた。刹那。

「今日はあなたに謝らなければならないことがあるんです」

彼と目が合った直後、私よりも先に久織さんが真面目な声音で切り出してきた。私は自分の言葉を引っ込めて、引きつった笑顔で尋ねる。

「な、なんでしょう？」

久織さんが私に謝ること？　それが破談《はだん》の申込みなら、好都合だ。

私はジッと眼鏡の奥の双眸を見つめる。普段は怜悧《れいり》な目が気まずそうに背けられた。

「僕は……本当は久織亮じゃないんです」

ぽつりと零れた彼の言葉に、私は反応できずにいた。〝久織亮〟ではない、と先に情報を入れていたから咄嗟に驚けず、ただ黙って彼を見続けた。

すると、信じられないことに彼は私の両眼をまっすぐ見据えてきた。

自分を偽っていたのに目を逸らさずにいられるなんて、私には考えられない。

なにを隠そう、私も〝大迫亜理沙〟ではないのだ。いざとなったとき、私はおそらく彼の顔をまっすぐ見つめてなどいられない。

「僕の本当の名は久織誠也《せいや》。久織建設のグループ会社、久織設備の取締役社長をしています。久織亮の弟で、久織家の次男です」

「お、とうと……？」

「本当に申し訳ありません。兄の都合で急遽《きゅうきょ》僕が代役で行く話となり……。波風を立てぬよう、兄としてそのまま今回の件を済ませるつもりで出向きました」

緊張が最高潮に高まっていたのもあって、すぐにはなにも返せなかった。

久織誠也……。久織亮さんの弟だったんだ。だから、今日のお店でも普通に『久織様』と呼ばれて……。なるほどなあ。どうりで亜理沙が知っていた久織亮と相違があったわけだ。

彼は〝悪意のある嘘〟をついていたわけじゃなかったんだ。そうだよね。だって、この人は……誠也さんはすごくやさしい人だった。

そこまで考えて、はっとする。

私、誠也さんが他人をたぶらかす人間じゃなくてほっとしてるの？

それとも彼が亜理沙のお見合い相手の〝久織亮〟ではないって事実に、心のどこかで安堵してる――？

考えないようにしていた感情が浮き彫りになって、鼓動が速くなる。なんだか居心地の悪い感覚に、無意識に理性を働かせて自分をも欺《あざむ》こうと思った。

「……『今回の件を済ませる』っていうのは」

私は亜理沙に頼まれてここにいる。どうしてもお見合いへと話を進めたくないから破談にしたいって気持ちを預かって。

ここに自分の感情なんかいらない。

「ええ。縁談を破棄《はき》しようとしていました」

誠也さんは言いづらそうに答える。

傷つく必要も権利もない。どうにか感情に蓋《ふた》をして彼と向き合う。

「そうでしたか。そんなにばつがそうな顔をしないでください。私、別に気にしませんから」

この流れで、お互い『気がなかった』とそれぞれ報告すれば話は終わり。

よかった。これで亜理沙も安心する。彼と別れたらすぐに亜理沙に連絡をして……。

気忙《きぜわ》しく頭の中で今後の行動を巡らせる。しばらく視線を落としていた誠也さんが、おもむろにこちらを見た。眼鏡越しに見えた双眼は、奥に煌《きらめ》く夜景よりも輝きを放っていて至極美麗《しごくびれい》。うっかり意識を引き込まれ、目を逸らせなくなった。

「僕はあなたが兄の名や肩書きに微塵《みじん》も執着《しゅうちゃく》していないことに、どこか安心してました。でも、それに喜んだところで僕はスタートラインにも立っていなかった」

誠也さんは革靴《かわぐつ》を鳴らし、ゆっくり距離を詰めてくる。

「僕が知るこれまでのご令嬢とは違っていて、あなたは〝久織〟に一切《いっさい》触れず、自分の話を夢中でしてくれた。好きなものや夢を語るとき、眩《まぶ》しいくらいにキラキラとした表情をする。それは僕の目にとても魅力的に映りました」

「よ……よくわからないです」

彼の話を聞いても、まったく意識していなかったしピンと来ない。後ろを振り返れば最高の景色を一望できるのに、宝石みたいな瞳には私しか映っていない。綺麗な顔立ちが目前にあって、私もまた夜景の存在すら忘れさせられていた。

誠也さんが形のいい眉を顰《ひそ》め、口を開く。

「実はさっき亜理沙さんが知らない男に絡《から》まれているのを見て、『この子は俺の大事な人だから触るな』、と牽制《けんせい》したい衝動に駆られました」

その瞬間、彼はあのときと同じ、ピリッとした雰囲気を纏っていた。それは、怖いというよりも、男らしさにドキッとさせられるもの。

「兄との見合いはなかったことにしてください」

ふいに左手を取られた。途端に触れられた箇所が熱くなり、脈を打つ感覚に襲われた。実際、心臓はバクバクと激しい鼓動を打っている。

「亜理沙さん。正式に僕と婚約していただけませんか」

瞳に映るのは、心を惹かれた人。彼の告白に胸が高鳴る。……だけど。

「あなたを好きになりました」

端然と私の顔を見つめる彼に、心が苦しくなる。

私はそっと彼の手から指先を離し、俯いた。

「私……あなたと婚約は、できません」

単純に考えすぎていた。誰かを……自分までも傷つける可能性なんて、これっぽっちも想像しなかった。

ごめんなさい。私は――〝亜理沙〟じゃない。

3．憂い顔のシンデレラ

ゴールデンウィーク明け。連休はいいものだが、大体の企業は休み明けの仕事に追われているだろう。それは我が社も例外ではない。

処理しなければならない書類やメールの返事に追われ、二日が過ぎた。俺はまだオフィスに残っていたかったのに、致し方なく本社ビルへやってきていた。

その理由は——。

「兄さんが『会いたい』なんてめずらしい。いつもはなんでも電話で済ませるのに」

本社専務室に足を踏み入れるなり、俺は重厚感のあるデスクに着いていた四つ年上の兄に言った。兄は俺に一瞥《いちべつ》もくれず、さっきまでの俺と同じようにパソコンと書類とを交互に見やっている。俺はため息交じりに尋ねた。

「で、なんの話？　仕事絡み？　家の話？」

そっちが呼びつけたくせにこの対応……と、普通の人なら憤慨《ふんがい》するかもしれないが、兄は昔からこういう人だと知っているからなにも思わない。

兄はようやく手から書類を離し、目をこちらに向けた。

「どうかな。どっちも、ってところか」

「どっちも？」

「親父が見合いを前提に大迫の令嬢と会うように言ってきた。まあ、親父も祖父《じい》さんから預かった話らしいが」

兄は面倒くさそうに足を組み、ハイバックチェアに気だるげに寄り掛かる。

「え？　お見合い？　大迫って、あの大迫不動産の？」

我が久織建設は大手ゼネコンだ。パートナー的存在である開発者——デベロッパーの中でも、大迫不動産は国内で指折りの企業だと当然知るところ。仕事だって何度も一緒にしている。

急な話に驚いていると、兄が頬杖をついて質問する。

「そう。お前、大迫社長の娘に会ったことは？」

「いや……ないけど」

「よかった」

薄《う》っすらと笑みを浮かべる兄を見て、嫌な予感がする。

「よかったって、なにが」

「誠也、お前が代わりに行け」

さらりと告げられた内容に、一瞬言葉を失った。数秒して、乾いた喉をどうにか動かし、声を絞《しぼ》り出す。

「……はっ？　いやいや、ちょっと待って」

兄が冗談を言うタイプじゃないのはわかっている。つまり、今の提案は本気だ。

俺は混乱のあまり、手を額に添えて首を横に振った。

「なにを急に……。それ、祖父さんだか父さんだかが兄さんに持ってきた話なんだろう？　俺は関係ない」

「ああ。俺の許可なくな。まったく、親父も祖父さんも浅はかというか……。どうせ相手がいないんだろうから見繕《みつくろ》ってやったと言わんばかりに。大きなお世話だ」

兄は父や祖父が勝手に話を決めてきたのが面白くないらしい。気持ちはわかる。だからって、その対処法が俺を代理人にして断らせるって話なら、あまりに横暴《おうぼう》すぎる。

「そんなの先方にも不信感与えるだけだし、なにより失礼だって」

「だから〝俺として〟会って断ってこい。それでこの話は終わり」

てっきり、頭に血がのぼってこんな提案をしてきたんだと思ってた。よく考えれば兄は昔からいつだって冷静で頭脳明晰《ずのうめいせき》だ。単なる思いつきで、俺を呼んだわけじゃないのだと察する。

「兄さんとして……？　俺に、正体を偽って先方の気分を害さずに破談にしてこいって言ってるの……？」

「ご名答だ。大迫不動産とは繋がりを持ちたい。となれば俺なんかより、やさしくて人当たりのいいお前が適任だろ？」

兄はすらすらとそれらしい理由を並べ立てる。まるで仕事の指示をするみたいに。

確かに俺は平和主義で、兄はどちらかと言えばエゴイストだ。

俺は昔から、一番に欲しいものがあっても誰かと取り合いになるなら譲るほう。いかに争いごとにならぬよう行動すべきかを考える節がいまだにある。そのせいか、いつも損な役回り。対して兄は、相手と派手に衝突せずとも欲しいものをそつなく手に入れる。その一方で、仕事以外でのコミュニケーションの取り方はうまくはなく、特に女性からは怖がられていることが多いと思う。

それもこれも、兄が良くも悪くも正直な男だからだろう。学生時代は友人や彼女よりも自分の興味が向くものを優先していたみたいだし、大人になった今もプライベートでの人付き合いより仕事が一番なのは明らかだ。大抵の女性は自分の優先順位が低すぎて、怒ったり愛想《あいそ》を尽かして離れていく。そうしているうち、兄が選ぶ相手はあっさりとした割り切れる性格の女性ばかりになった。それも、長くは続いていないようだ。

そんな兄だ。どこかの令嬢とか箱入り娘とかは面倒くさく思って当然だろうな。

不本意にも兄の言い分に納得していたら、兄は大きな革張りの椅子《いす》をくるりと回転させて立ち上がった。

「まあ好都合と言えばそうなんだけどな。大迫不動産の事業力には俺も一目置いている。うちにも開発部門はあるとはいえ、大迫不動産に比べたら足元にも及ばない。そういう点では親父たちの体面は置いとくとしても、機嫌を取っておいて損はない」

兄はこちらに背を向け、窓際で高層階の景色を眺めながら続ける。

「大迫は新築マンション開発やリゾート開発を多く企画している。そんな相手からの受注が減れば、お前のところにも大きな影響が出る。久織の名前の印象が悪くなったら、社員たちの生活にもかかわってくるぞ。俺たちは社員を守る義務もあるだろ」

「だったら、兄さんが責任取ればいい」

むっとして言い返すと、軽いため息を零された。

「物事には適任者がいるってこと、さっきも話したよな？　今回は俺たち兄弟の中で誠也が適している」

俺たちは三兄弟だ。二十五歳の弟は、良く言えば裏表のない性格。悪く言えばお調子者で慎重さに欠けるところがある。今回みたいなデリケートな案件で代役をさせるには不適合と言わざるを得ない。

いよいよ俺もあきらめモードになり、項垂れると同時に降参《こうさん》のため息が口から漏れ出る。

「それ、俺にはなんのメリットがある？」

俺が嫌味っぽく尋ねれば、兄は滅多に見せないような満面の笑みを浮かべた。

「別にいいけど？　断れば、この間の業績目標の数字をさらに上乗せした経営計画を提出し直してもらうだけだ」

「それ、完全に脅《おど》しだろ。はあ……。で、先方との約束の詳細は？」

もう下手に抵抗するよりも流れに身を任せたほうがまだ楽だと気づき、降伏《こうふく》する。

兄はしたり顔で再び椅子に戻り、さくさくと連絡事項を口にしてきた。

「再来週の土曜。決定事項はふたりで会うとだけ。場所云々はお前に一任する。あ、時間や場所の連絡くらいは俺が大迫社長にするから安心しろ」

兄を言い負かす気力がなくて受け入れたものの、やっぱり気は重い。

大きなガラス越しに見えた自分の姿は、がっくりと肩を落とした情けないもの。

「まったく……。兄さんとして、なんて。うまくできる気がしないよ」

「別に名前だけ〝久織亮〟と言ってあとは黙ってても問題ないだろ。俺も会ったことはない相手だし、一夜限りだしな」

「一夜っ……その言い方、なんか嫌だ……」

俺は眼鏡を指で押し上げて姿勢を正す。

この日、兄なりに気を遣ってくれたのか、食事と酒をごちそうになって帰宅した。

そうして、憂鬱《ゆううつ》な気持ちで迎えた土曜日。

約束の日まで時間はそれなりにあったけれど、なにも考えたくなくて相手の女性についてなにも調べはしなかった。唯一得た情報といえば、兄が父から『人見知りでおとなしい子』らしいと聞いたというもののみ。

そして俺は、当日想像とは違う女性が現れて拍子《ひょうし》抜《ぬ》けしたのだ。

「あっ。は、はじめまして……」

シンプルなワンピース姿でメイクもナチュラル。アクセサリーも過度につけたりしておらず、唯一光っていたものは結った髪を飾るヘアアクセサリー程度のもの。

ふと、椅子に置かれたバッグに目がいった。それは女性が食事に出かけるにはやけに大きくてビジネス用にも使えそうなデザインだった。

些細な違和感を抱いたものの、会話を重ねていくうちに打ち解けて、和やかな雰囲気で食事が進んだ。それは心地のいい時間だった。

「私、建築物も内装も興味があって。いつか自分の理想を形にできたらいいなって思ってるんです」

彼女はそう言って、屈託《くったく》ない笑顔を弾けさせた。

俺は、いわば箱入り娘で引っ込み思案な相手なら、ひとりで話をする感じになるかもしれない、とか、日頃から甘やかされていて、わがままで人を振り回すタイプだったらどうしよう、とかいろんな想定をしていた。どれも厄介なのには変わりなく、彼女と対面する直前まで、数秒に一回はため息をついていたと思う。だから、彼女の話と笑顔に気が抜けた。まさかこんなふうに無邪気に自分の夢を語るような人だとは、微塵も想像していなかった。

俺はうっかり彼女との時間を素で楽しんでしまい、気がつけば食事は終わっていた。まだもう少しだけ彼女と過ごしてみたい。そう思って、レストランを出た直後、勇気を出して声を掛けた。

「亜理沙さん、このあとはどう……」

彼女も楽しそうだったし、断られる可能性は極めて低いと思った。しかし、事態は俺の予想を超えた。

「あの！　私、こっ、婚約とか考えられないので！　大変申し訳ないのですが、今回のお話はここで終わりにさせていただきたく！　すみませんっ」

取り付く島もなく一刀両断され、目が点になった。彼女は深々と頭を下げ、気まずそうな表情を残して去っていく。俺はそんな彼女を瞬きも忘れて見つめていた。

「参《まい》ったな……」

彼女の背中を視界に入れた状態で、無意識に零した。

食事中は自分だけではなく、あの子も楽しく過ごしていたはずと高《たか》を括《くく》っていた。それが自分だけだったのかと思った途端恥ずかしくなり、思わず心の中で嘲笑《ちょうしょう》する。

すると、遠くなっていった彼女がふいに足を止めた。俺は彼女から目を離せず、その動向を見続けていた。彼女はくるりと振り返り、すたすたと俺の元へやってくる。

なにがなんだかわからなくて、まったく余裕のないまま、目の前に戻ってきた彼女を見つめた。

「今日はごちそうさまでした！　素敵なお店で食事ができてうれしかったです。では、さようなら」

一方的にお礼を告げたら、やっぱりすぐに去っていく。最後には小走りで、逃げるようにして行ってしまった。俺は唖然《あぜん》として彼女を見送る。

なにを言われるかと思えば、律義《りちぎ》にお礼を言いに来るなんて。

「……ははっ」

俺は気づけば笑っていた。予測不能な彼女に振り回されて、不快になるのではなく、愉快《ゆかい》な気持ちになっていた。

〝久織亮〟が、あっさり振られた。久織建設の後継者だと知ったうえで、あんな対応をする女性は稀《まれ》だろう。俺はそれをうれしく思う反面、今は自分が久織亮だったのだから、実際に振られたのは自分じゃないかと落ち込んだ。

そのとき、突然声を掛けられた。

「お客様！　申し訳ございません！」

「えっ？」

「お預かりしておりました傘をお返しするのを失念しておりました」

やってきたのは、さっきのレストランのスタッフ。手には二本の傘があり、俺はそれを受け取った。

スタッフにお礼を言い、またひとりきりになったあと、手元の傘に目を落とす。北欧デザインの傘は、素朴《そぼく》な温かさを持つ彼女のイメージにぴったりだ。

これまでの自分なら、この状況下で追いかけたいという思いが過っても、あきらめたほうが早い、と行動に移そうともしなかったはず。だけど、どうしても今回だけは簡単にあきらめたくない。だって、今もまだ彼女の眩しい笑顔が脳裏《のうり》に焼きついて離れない。

俺はしばらく傘を見つめ、きゅっと握る。

普通なら、あんな別れ方をしたら、すっきりしない気分で靄《もや》のかかった心を抱えて帰宅していただろう。〝そもそも兄さんが無茶《むちゃ》を言わなければ〟〝兄に適当な口実を言って断っていたら〟なんて、数日前の自分の決断に後悔しては、兄を責めていたに違いない。しかし、今の俺はそうは思わなかった。バッサリと断られ、恥ずかしくいたたまれない気持ちになったものの、それを上回り、彼女への興味が止まない。

滑稽《こっけい》な自分の立場さえも笑い飛ばし、彼女が去っていった方向をまっすぐ見た。

すぐさまポケットからスマートフォンを取り出し、兄に発信する。

『はい』

「言われた通り、会って来たよ」

まずは報告から。だが、俺の本題は違う。

『ああ、そういや今日だったな。お前なら心配はないと思ってたから、すっかり忘れてた。助かったよ。今度なにかで礼をするよ』

「だったらそれ、今お願いしてもいいかな？」

今まで、喉から手が出るほど欲しいって感情を抱いた記憶がない。小さい頃、弟が泣いてねだる気持ちがいまいちわからなかった。しかし、今ならなんとなく理解できる。焦慮《しょうりょ》にも似た今の心情がそれなのだろう。俺は妙な高揚感を覚えていた。

『昔から誕生日やクリスマスにもらうものでさえ悩みに悩むお前が、すぐに言うとはめずらしいな。出来るだけ応《こた》える。なんだ？』

自分で自分の変化に驚いていると、どうやら電話越しの兄でさえもびっくりしている様子だった。俺は驚いている兄をさらに驚倒《きょうとう》させる。

「今回の縁談、進めてもいい？　相手は兄さんじゃなくて、俺で」

『は？』

「いや。まだ俺が勝手に思ってる段階で彼女の了承があるわけじゃないんだ……」

了承どころか、現時点でかなり望みの薄い反応ではあった。

いつもの冷静な俺であれば、可能性が低いと判断したなら、すぐに切り替えるところ。こんな無鉄砲《むてっぽう》な自分が潜んでいたとは……信じられない。

スマートフォンを握る手に力が入る。ふと彼女の傘が視界に映った。

『いいんじゃないか、別に』

「ほ、本当に？」

『親父たちにとって、俺を妻帯者《さいたい》にする目的はどうせ二の次だろうし。そもそも成功すると思ってはなかっただろうしな。ま、面倒なのはごめんだ。自分で説得するなり何なりしてくれ』

「もちろん。ありがとう」

兄と電話を終え、「ふー」と息を吐いた。

兄の言った通り、おそらく父さんたちはどうにかなる。問題は、肝心の彼女とどうコンタクトを取ればいいか。

兄はもうかかわる機会がない相手の連絡先は残さず、すぐさま削除するタイプだ。面倒が嫌いな兄を頼れないとなると、連絡先を知るには亜理沙さんの父――大迫社長しかツテはない。もしくは、彼女は大迫不動産の総務部で働いてるって聞いたし、なにかにかこつけて会社に……いや。職場まで押しかけるのは印象よくないか。

もう少し考えよう。

そうして慎重に考え始めて、二日後だった。俺は運よく彼女と再会できた。

初めは他人の空似《そらに》かと思った。なぜなら、印象が違っていたから。

目に映る彼女は、すらりとしたパンツスーツで、あの日と同じ重そうなバッグを両手で持っていた。どうやら誰かを待っている様子だ。

あまりに突然の出来事で、次に会ったときに話そうとしていた内容も吹き飛んだ。

ただ、こんな機会を逃してはいけないと、考えるよりも先に足が動いていた。

高まる気持ちを抑え、平静を装って名前を呼んだ。

「亜理沙さん……？」

「く、久織さん!?」

彼女は目を剥《む》いて俺を見る。

「仕事ですか？　総務でも外に出たりするんですね」

「え！　あ、は、はい。ちょっとしたおつかいっていうか！　久織さんこそ、お仕事ですか？」

「この辺りにビルを建てる計画があって。報告書より現場を見て回るのが一番いいんですよ」

「そ、そうなんですね！」

上司か誰かと行動をともにしている最中かもしれない。であれば、あまり時間がない。悠長《ゆうちょう》にタイミングを計っていたら、この好機を無駄《むだ》にしかねない。

俺は焦りを笑顔で覆い隠し、矢継《やつ》ぎ早《ばや》に話をする。

「それはそうと、亜理沙さんにまた会えてよかった。土曜は連絡先も聞けないまま別れてしまったので」

「えっ？」

「実はあのあとすぐ、店の人が外に出てきて亜理沙さんの分と一緒に傘を渡されたんです。店を出たときには晴れてたから、すっかり忘れてましたよね」

「あ……！」

彼女は今日まで傘の存在を忘れていたらしい。つぶらな目を大きく見開いていた。

「あいにく今は持ち合わせていませんが、車に置いてあります。良ければ今日の夜にでもお会いできませんか？」

もっともらしい口実で、勢い任せに誘ってみた。表情は変えず、必死さを悟られないように。

すると、彼女は少し悩んだ末に苦笑して答える。

「いえ、わざわざ時間を割いていただくのも申し訳ないですし、高価なものではないので処分してしまって結構です」

そうして、俺の返答を待たずして、またもや踵を返して歩き出していった。

さすがに狼狽えた俺は、余裕ぶるのも忘れ、慌てて彼女を追いかけ細い手首を掴んだ。小さく肩を上げて驚いた顔でこちらを振り返る彼女に、自然と言葉が出ていた。

「よければ番号かＩＤを教えてもらってもいいですか？　傘を渡すのに、日時の連絡が取れるようにしたいので」

彼女の黒い瞳が不安げに揺れた。

……やばい。必死さが伝わってしまったかもしれない。

「や、本当に傘は……」

「いくら許可されたとはいえ、できれば人のものを処分するのは避けたいんですが」

こちらも後には引けなくて、まるで脅かすように声のトーンを落としてしまった。

彼女はさらに首を竦《すく》め、ぽつりと零した。

「す、すみません」

違う。怖がらせたいんじゃない。

取り乱していた心を落ち着かせ、ゆっくり息を吸う。なるべく柔らかな声音を意識し、彼女に話しかける。

「というのは口実で、僕はもう一度あなたに会いたいとずっと思っていたんです」

俺の本音を、彼女はどう受け止めるだろうか。

ジッと彼女を見つめていると、おもむろに俺を見上げる彼女の頬がうっすら赤く染まった。ひとまず、嫌悪感は抱かれていないと判断し、素早くポケットからスマートフォンを取り出した。

「今夜じゃなくても構いません。亜理沙さんの都合のいい日を知らせてください」

「ご、ごめんなさい。スマホは……会社に置いてきてしまって」

彼女はぼそぼそと言いづらそうに答えた。

「では、僕のスマホから発信履歴を残しておけばいいですね」

強引だとわかっていたが、発信画面を開いた。こっちも連絡先を教えてもらわないことには、ただ待つことしかできない。

彼女の様子を窺っていたら、俺の気持ちを察したのか番号を教えてくれた。俺は安堵して、さっそく電話を掛けてコール音のあとにすぐ切った。

「これで大丈夫ですね。連絡待ってます」

「……は、はい」

これ以上、こちらのペースで押しつけるのはよくない。そう思って、俺は彼女に〝次〟を託した。

彼女と別れてからも、まるで思春期の学生みたいに彼女の連絡先を確認しては、頬を緩ませていたと思う。

そして、約束通り彼女から連絡がきた。

次にまたあなたに会ったときには、きちんと説明する。それから、できればもっと一緒に過ごしてみたいと伝えよう。

意気込んで臨《のぞ》んだ二度目の約束は木曜日。

彼女が好きそうな割烹店で食事をし、帰り際には四十階まであるビルの展望室で夜景を眺めた。そして、彼女がお台場や東京タワーと、煌《きら》びやかな夜景が一望できる大きな窓に夢中になっている隣で意を決し、口を開く。

「今日はあなたに謝らなければならないことがあるんです」

俺のただならぬ雰囲気に、彼女は圧倒されていたように思う。やや引きつった笑顔で聞き返された。

「な、なんでしょう?」

それまで意識的に彼女の目を見ていたが、直前になってつい視線を逸らしてしまった。しまった、と思うも後の祭り。

いや。もうとにかく、真実を話す。まずはそこからだ。

「僕は……本当は久織亮じゃないんです」

彼女はぽかんとするだけで、ひと声も発さない。

今度こそ、気まずさから目を逸らしたりしない。

彼女をまっすぐ見据えた後、勢いよく頭を下げる。

「僕の本当の名は久織誠也。久織建設のグループ会社、久織設備の取締役社長をしています。久織亮の弟で、久織家の次男です」

「お、とうと……？」

「本当に申し訳ありません。兄の都合で急遽僕が代役で行く話となり……。波風を立てぬよう、兄としてそのまま今回の件を済ませるつもりで出向きました」

勢いで懺悔すると、ぽつりと小さな声が落ちてくる。

「……『今回の件を済ませる』っていうのは」

「ええ。縁談を破棄しようとしていました」

俺は頭を戻し、弱々しい声色で返すのが精いっぱいだった。

すると、彼女はニコッと口角を上げた。

「そうでしたか。そんなにばつが悪そうな顔をしないでください。私、別に気にしませんから」

ああ。彼女は、本当に俺に興味がないんだ。

これまで味わったことのない挫折感《ざせつかん》に落ち込む。同時に初めての感覚が沸々《ふつふつ》と湧いてきて、脱力していたはずの手にまた力を込めていた。

「僕はあなたが兄の名や肩書きに微塵も執着《しゅうちゃく》していないことに、どこか安心してました。でも、それに喜んだところで僕はスタートラインにも立っていなかった」

俺はこんなにあきらめの悪い男だったのか。

苦笑しつつも、ひとり納得したのは、彼女は初めから『久織』を意識していなかったから。そういう女性に出逢ったのは初めてで、惹かれずにはいられなかったのだ。

ステータスを重要視しない彼女が興味を持ってくれたなら、それは純粋に俺自身の自信になる。それは、なによりも価値のあるもの。

自分の夢をはつらつと語る彼女に見初《みそ》められたら、どんなにうれしいか。そして、すぐそばで彼女の笑顔を見続けられたら……想像するだけで胸が高鳴る。

俺は辺り一面に見える夜景に目もくれず、彼女だけを見つめ、ゆっくりと彼女に近づいていく。

「僕が知るこれまでのご令嬢とは違っていて、あなたは〝久織〟に一切触れず、自分の話を夢中でしてくれた。好きなものや夢を語るとき、眩しいくらいにキラキラとした表情をする。それは僕の目にとても魅力的に映りました」

「よ……よくわからないです」

戸惑う彼女を逃がしたくない一心で、本心を語り続ける。

「実はさっき亜理沙さんが知らない男に絡まれているのを見て、『この子は俺の大事な人だから触るな』、と牽制したい衝動に駆られました——兄との見合いはなかったことにしてください」

彼女の左手に触れ、きゅっと握り、小細工《こざいく》一切なしの真剣勝負に出る。

「亜理沙さん。正式に僕と婚約していただけませんか」

信じられないほど、心臓がバクバク鳴っている。初めて大きな仕事を任されたときでさえ、ここまで緊張はしなかったように思う。

緊張が最高潮に達した、そのとき。俺の手の中から、彼女の指先がするりと離れていった。目を剥く俺の前の彼女は、申し訳なさげに俯いた。

「私……あなたと婚約は、できません」

悲し気に睫毛を伏せ続ける彼女に、すぐには言葉が出て来なかった。

勘違いかもしれない。だけど今、俺の瞳に映る彼女は、迷惑だとか困惑《こんわく》などとは微妙に違う表情を露わにした。単純にこちらの告白を断った罪悪感かとも思ったが、どうも引っ掛かる。

どうしてそう自信なさげに下を向き、つらそうに唇を小さく噛むのか——。

直後、当然ふたりの間を流れる空気は重く気まずいもので、エレベーターで一階まで降りる間も無言だった。

エントランスに出て、駐車場に入る。彼女はナビシートのドアを開けたが、傘だけを手に取りドアを閉めた。

「私、ここから歩いていきます。ありがとうございました」

こちらに気を遣《つか》って懸命に笑顔を作り、会釈をしていく。

背を向けた今、あなたはどんな顔をしている？　さっきと同じ、どこか傷ついた目をしていたりして……。

ふいに、彼女の笑顔が頭に浮かんだ。

——『そうやって、『ひとりじゃなにもできない』って認めるのは案外難しいと思います。きっと久織さんは社内でも人気があるんでしょうね！』

これまで、女性に笑いかけられたり褒《ほ》められたり、好意を伝えられたりは経験がある。しかし、こんなにも心を動かされたことはない。

気づけば俺は、彼女を追いかけていた。必死に走り、通りに出た彼女に追いついて肩に手を置くと、彼女からは拒絶ではなく別の動揺を感じられた。

「ごめん。やっぱり簡単にはあきらめられそうもない」

もし俺を嫌いだったら、もっと迷惑そうにするはず。怯《おび》えたり怒ったり、言葉じゃなくても態度や雰囲気でストレートな感情をぶつけられるはず。

そうだとしたなら、いっそ冷たく突き放してくれれば……。だけど、俺と一緒に過ごした時間で、君はたくさんの笑顔を見せてくれた。

俺はその事実を信じたい。

「猶予《ゆうよ》がほしい。あなたを振り向かせるためのチャンスを」

俺の告白に彼女の瞳は再び潤んだ。それから一瞬、視線を泳がせて俺から目を逸らした。彼女のサインに激しい胸騒ぎを感じる。

彼女は俺の手をそっと肩から離し、なにも答えずに走り去っていった。

「……っ」

もどかしくて、言葉にならない声が自然と漏れる。

俺は煌々《こうこう》とした街の明かりと喧騒《けんそう》の中、憂い顔のシンデレラを想ってしばらく佇《たたず》んでいた。

4．好きになっちゃった

金曜日。今日は休みだ。

実家暮らしの私は、ふたり掛けソファに膝を抱えて座っていた。誰もいないリビングで、朝から何度目かもわからないため息を落とす。

ああ。どうしよう。せっかくの休日も、今日は夜までこんな調子で過ごす羽目になりそうだ。

背中を丸めてスマートフォンを見た。開いた画面の日付は昨日。相手は亜理沙。

《じゃあ、明日の六時にいつもの場所で》

本当ならすぐに亜理沙と直接会って話をしたかったが、向こうは仕事がある。亜理沙の仕事が終わるまで、この気持ちをひとりで悶々と抱えていなければならない。

昨夜、亜理沙とはメッセージでやりとりはしたが端的にしか説明していない。

彼は確かに久織亮ではなかったものの、怪しい人ではなく弟だった。お見合いの件はもう一度断るには断った、と。

だけど、私の心の中はすっきりとするはずもなかった。

――『正式に僕と婚約していただけませんか』

甘やかな声がまだ耳に残ってる。

あれはいったい……？　兄の代役だったと謝罪し、素性を明らかにしたうえで……となれば、誰だって本気だと思ってしまう。

あの瞬間、私はあろうことか、彼の真剣な告白に心が揺れた。危うく〝如月史奈〟として答えるところだった。純粋に私に対して向けられた言葉ではないのに。

辛うじて思いとどまれたのは、彼が度々『亜理沙さん』と呼ぶから。おかげで気持ちにブレーキを掛けられた。彼に惹かれる『私』を抑えて突き放せた。……なのに。

――『あきらめられそうもない。猶予がほしい。あなたを振り向かせるためのチャンスを』

「違う……っ」

胸の中に抑えきれず、気持ちの均衡《きんこう》を保つためについ口を開いた。

「なに？　なんか言った？」

洗面所から母の声が飛んできて背筋を伸ばす。考え事しすぎてて、母がまだ出掛けてなかったことをすっかり忘れていた。

「な、なんでもない。ちょっとスマホでゲームしてた」

慌ててごまかすと、身だしなみを整え終えた母がリビングに戻ってきて言う。

「ふーん？　最近電車に乗れば、若い子はいつもスマホ弄《いじ》ってるもんね～」

私は母と兄と三人で暮らしている。父は私が小さいときに不慮《ふりょ》の事故で他界した。以降、母は女手ひとつで私と兄を育ててくれた。六歳上の兄も専門学校を卒業した後は、母に協力して私の大学進学を手助けしてくれた。

「あ。今日、お母さん夕飯《ゆうはん》いらないからね。パート先の人の送別会があって」

母は玄関で靴を履き、振り返りざまに言った。昔から住んでいるお世辞《せじ》にも広いとは言えない2DKの古いアパートは、リビングから玄関まで二、三メートル程度。ソファから立たずとも声は届く。

「うん。私も亜理沙と会うから」

「相変わらず仲がいいのね。あっ、もう出なきゃ。じゃあ戸締りよろしくね。行ってきます」

「行ってらっしゃい」

母が出て行くのを見届け、ひとりきりになるとまた考える。

あれは〝大迫亜理沙〟に言われたもの。私に向けられたわけじゃない。私は彼を騙してる。彼の気持ちを受け取る資格も、なんなら迷い悩む権利もないんだ。

だって、私には亜理沙のような後ろ盾はなにもない。彼にメリットをもたらすことができるのは、本物の亜理沙だけなんだから。

しんと静まり返るリビングで私はスマートフォンを一瞥し、陰気《いんき》な気分で時間が過ぎるのを待った。

「あ、史奈ちゃん！」

一軒のイタリアンバルに入ると、亜理沙がすぐに私を見つけて無邪気に手を振った。

私は亜理沙の元へ急ぐ。

「週末の仕事後にごめんね。疲れてるでしょ？」

私が浅い背もたれのカウンターチェアに座るなり、亜理沙は首を横に振り、肩を窄めた。

「ううん。今回は私が原因だし、むしろ私のほうが史奈ちゃんに謝らなきゃ。お詫びとお礼に今日はごちそうするから。本当にごめんなさい」

「いっ、いいよ！　気にしないで」

お礼だなんて……。亜理沙にきちんとすべてを話していないのに、感謝される資格はない。

もやもやを抱きつつ、とりあえずドリンクとアンティパストをオーダーする。飲み物が来たので軽くグラスを鳴らし、お酒を口に含んだ。

どうやって、なにから切り出そうか考えていると亜理沙が話し出す。

「それにしても、本当びっくりした。史奈ちゃんが知らない男の人と歩いて行っちゃうんだもん。人間って実際なにかあっても、慌てるだけで動けないものなのね」

亜理沙の話は昨日の件だ。

「私もだよ。亜理沙のメッセージ見て気が気じゃなかった」

「ごめんなさい。でも、変な事件に巻き込まれたとかじゃなくてよかった」

誠也さんを遠目で見た亜理沙から、私の隣にいる男性は《久織亮さんじゃない》とメッセージがきたときには恐怖で心臓が震えた。結局、彼は自ら正体を明らかにしてくれて安心はした。が、それからが問題だ。

まさか、婚約を申し込まれるとは思いもしなかった。

亜理沙は綺麗なネイルを施《ほどこ》された手で、グラスの中の液体をゆらゆら揺らしながら言う。

「久織家の次男さんかあ。昨日少し見た感じだと、知的でやさしい雰囲気だったよね。長男の亮さんもすごく頭の回転が良さそうな人ではあったけど、近寄りがたくて。そこは正反対なのかしらね」

「私は逆にお兄さんのほうを知らないから……」

「あ、そうよね。史奈ちゃんの話を聞いていたら次男の誠也さんは穏やかなんだもんね？　それなら史奈ちゃんに無理言ってお願いしなくても、私が自分で出向いて頑張れたかもしれないよね。本当にごめんね」

「ううん……」

亜理沙の何気ない言葉が胸に刺さる。

私と彼が出会ったのは偶然であって、本来なら亜理沙が出会うはずだった。

もしも、亜理沙が行っていたら……誠也さんは物腰が柔らかいし、亜理沙も男性に対する苦手意識が和らいだかもしれない。

「向こうも代理をお願いしてたってことは、初めからその気はまったくなかったんだあ……。悩み損だったな」

亜理沙はすっかり安心した様子で、グラスを口に運んだ。間違いなく縁談の話は白紙に戻ったと思ってる。

そりゃあそうだ。私だって、そういうふうに報告をした。しかし、実際はまだ終わっていない。

あきらめられそうもない、と言われたと、ひとこと言えばいい話。それができないのは……邪魔をしているのは、私の中に芽生えた彼への恋心だ。亜理沙に話せば、この淡い恋情を抱いていられなくなる。現実に引き戻されるから……。

「今回は史奈ちゃんのおかげでなんとか凌げたけど、今後またこういう話が来たらどうしよう」

亜理沙は顔に憂鬱の色を浮かべ、シュリンプカクテルに手を伸ばす。

「ご両親には亜理沙の意思を言ってないの？」

「うーん。察してくれてはいると思う。なんていうか暗黙のルール……？　家族間で彼氏がどうとか誰も言わないの。私、女子校だったし男の子を敬遠してたから、男の子の名前すら挙がらなかったし」

それぞれの家庭環境ってある。うちは逆にオープンなほうかもしれない。兄も普通に会話で『彼女』って出してくるし。

「そっか。でも亜理沙のお父さんも初めから乗り気じゃなかったみたいだし、今後は安請《やすう》け合いはしないんじゃない？」

「だけど……パパの立場だと私にはあずかり知らないことがありそうだなあって」

「確かに。大きな会社の社長だもんね」

今回だって、会社間の関係性を悪くさせたくなくて、曖昧《あいまい》な受け方をしたっぽいし。社長令嬢なんて羨ましいってちょっと思ったりもしたけど、そういう立場の父親を持つ環境も楽じゃなさそうだ。

「ね。亜理沙はいつかは……結婚とか考えたりしないの？」

亜理沙は見るからに清廉《せいれん》で絶対モテるし、家事全般が得意なのも知ってるし。同性の私でさえ守ってあげたくなるのだ。男性は放っておかないと思う。とはいえ、今のご時世、結婚が幸せの絶対条件じゃないとも思うし、仕事や趣味を第一にしてもいいだろう。けど、お節介《せっかい》にもちょっと気になった。

すると、亜理沙は上品に微笑んだ。

「そう……ね。実は最近は、『いつかできたらいいな』って……。社会人になってから、下心なくやさしい人もいるのかなって思ったりするの」

亜理沙の男性への印象が変わっていて一瞬喜んだものの、『やさしい人』が誠也さんを表しているのかもと思うと複雑な心境に陥る。

「って言っても、私はまだ全然現実味ないよ。史奈ちゃんは？　史奈ちゃんこそしっかりしてるし、いいお嫁さんになると思うなあ」

無垢《むく》な笑顔を向けられ、どぎまぎした。ふと自分の未来を想像する。

自分が考えた、好きなものに囲まれた家。笑顔いっぱいの子ども。そして私の隣にいるのは……。

はっとして現実に戻る。昨日から彼のことを考えすぎているせいだ、と自分に言い訳をしてごまかした。

「それ言うなら、亜理沙のほうが可愛いお嫁さんになるよ」

笑顔を取り繕い、お酒を口に含む。

「えー。私なら史奈を選ぶよ」

「ふふ。ありがと。ってこれ、どんな会話なのかな？　ふたりでやたら褒め合って」

私は自分の気持ちをかき消すように笑って飲んで、絶え間なく話をし続けた。

それはただの雑談で、結局一番に話さなければならない私の燻《くすぶ》る想いについては言えずじまいだった。

亜理沙と別れ、時刻は九時。私が翌日仕事なのもあり、やや早めの解散だ。

浮かない気持ちで帰路についた矢先、バッグの中でスマートフォンが振動しているのに気がついた。なにも考えず、スマートフォンを取り出してどきりとする。

せ、誠也さん！　ど……どうしよう。

自分の都合ばかり考えていたら、着信が切れた。しんと動かなくなったスマートフォンを確認したのち、思わず現実から逃げるように目を閉じた。

だって、どうしようもできない。私は彼にちゃんと言った。だからこれは、非情でもなんでもない。

次々と建前を並べ、ゆっくり瞼を押し上げる。ディスプレイに《不在着信　久織さん》と浮かぶ文字を見て唇を噛んだ。

ああだこうだと自分の行動を正当化させようとするくらいなら、いっそさっさと彼との繋がりを絶てばいい。

私は数分悩んだ末、震える指で着信履歴の上部にあった彼の名前をタップした。着信拒否設定に人差し指を伸ばしかけたが、結局できなかった。

……ダメ。いい加減、逃げるのをやめなきゃ。

意を決してスマートフォンを持つ手に力を込める。私は勢いに乗ってスマートフォンを操作し、耳に当てる。発信先は今しがた別れたばかりの亜理沙。

彼にすべてを晒すためには、亜理沙にひとこと断りを入れなければ。私が大迫亜理沙ではないとバラせば、亜理沙だけでなく、彼女のお父さんの立場がなくなる。ひいては大迫不動産にまで影響が及ぶのが想像できる。

速い鼓動が全身を巡る感覚に襲われながら応答を待つ。が、残念ながら『ツー』と無機質な音だけが返ってきた。

私は出端《でばな》を挫《くじ》かれ、焦燥感に駆られた。ダメ元ですぐにリダイヤルするも、やはり亜理沙は誰かと通話中。

いてもたってもいられず、くるりと身を翻《ひるがえ》して亜理沙を追いかけた。

亜理沙が乗るであろう電車はわかってる。とりあえず、さっき別れた場所に戻って、そこから駅までのルートを辿っていけば間に合うかもしれない。

人混みを縫って必死に走る。すると十数メートル先の歩道の脇に、立ち止まって電話をしている亜理沙を見つけた。私は息を切らし、さらに走る。

亜理沙はちょうど通話を終えたらしく、スマートフォンを耳から離して顔を上げた。

「史奈ちゃん……！」

亜理沙は私を見つけて、大きく目を見開いた。私が上がった息を整え、口を開いた矢先、亜理沙のほうから話し出す。

「史奈ちゃん！　今、パパから電話がきてね？　先方が私をいたく気に入って、ぜひ話を進めさせてほしいって言ってるって」

一刻も早く胸の内を伝えたくて、亜理沙の微妙な変化に気づくのが遅れた。

さっきのは、私の姿に驚いたんじゃなく、衝撃的な電話の内容について問い質《ただ》した相手《私》がちょうど目の前に現れて驚愕《きょうがく》していたんだ。

いつも私の前では表情豊かな亜理沙が今は無表情。聞かされた事実に頭がまだ追いついていないらしい。

「本人が……久織誠也さんが、パパに直接会いに来たんだって。『本来は兄が候補に挙がっていたけれど、どうしても』って鬼気《きき》迫る様子でって……」

私は自分の気持ちでいっぱいいっぱいで、広い視野を持って考えられていなかった。

誠也さんから逃げているうちに、自分の想いは時間が解決してくれるって一瞬思った。けど、今の亜理沙の話を聞いて、そんな簡単な問題ではなくなったと悟る。

「史奈ちゃんはさっき断ったって言ってたし……。じゃあ、誠也さんはいったいなにが目的でこんな話を……？」

動揺していても私を一ミリも疑わない亜理沙を見据える。そして、勢いよく頭を下げた。

「亜理沙。ごめん……っ」

「えっ？」

「ごめんなさい。私、言えなかったことがある」

亜理沙は黙ったまま。私は体勢を変えず続ける。

「本当は昨日彼に、自分は久織亮の弟だって説明されたあとで『正式に婚約して欲しい』って言われたの。でも、私は『できない』って断った」

「それで……彼はなんて？」

ぽつりと落ちてきた亜理沙の声で、ようやく顔を上げる。

「……あきらめられないって。チャンスをほしいって……言われて」

それで、私の気持ちが揺れた。

数秒間、私たちは沈黙する。先に口を開いたのは神妙《しんみょう》な面持ちの亜理沙だ。

「確かに史奈ちゃんは魅力的だとは思う。だけど、会って間もないのにそう必死になるって……下心とかないかな？」

「え？」

「次男である久織誠也さんは子会社の久織設備の社長を任されてるらしいの。うちの会社に一番かかわりのある業種でしょう……？　私は総務の仕事しか知らないからよくわからないけど〝大迫〟の娘である私を懐柔《かいじゅう》して、なにかしたいのかなって」

亜理沙の疑惑に、私はハッとさせられた。

心のどこかで自惚れていた。直接会っていたのは自分だから、口説《くど》き文句すべてが純粋に自分に向けられたものかもって。そもそも私の中身には興味なくて、必要なのは亜理沙の名前……大迫家だけかもしれないのに。

「私、どうしても男の人には警戒心が強くて、まず疑うところから入るからそんなふうに考えちゃって……。史奈ちゃんひとりで悩ませてたんだね。ごめんね」

亜理沙が私の腕に手を添え、俯いた私を心配そうに覗き込んでくる。

けれど……落ち着いて考えれば考えるほど、納得がいかない。私利私欲《しりしよく》だけを考える人は、あんなにキラキラした顔で他人の幸せを願ったりしないと思う。

私は彼との時間を思い出し、揺らいでいた気持ちを固めた。

「亜理沙、ごめん」

「私のほうこそ！　まさかこんな展開になるとは予想もしてなくて……」

「違うの。まだ亜理沙に伝えてないことが残ってる」

亜理沙はまたびっくりした顔をして静止した。

「私、彼を……久織誠也さんを、好きになっちゃったの」

ひと目惚れかと問われれば、それに近いかもしれない。

あの夜、亜理沙に扮して出会った瞬間、彼の温かい雰囲気に気づけば心を開いていた。彼の魅力に心を奪われそうで突き放した。予感は的中し、結局彼を今も想ってる。

「好きだから冷静に捉えられていないって思われるのはわかってる。でも……」

自分の思い描く未来を語る彼に、どうしようもなく惹かれてしまった。

ただ、利益のみを求めて婚約を申し入れてくれたわけではないとしても、私が大迫亜理沙じゃないと言えば、大きな衝撃を与えるのは容易に想像できる。そうしたら……やさしい彼を傷つける。

自分の感情と彼を想う感情のジレンマで心苦しくなっていると、亜理沙は瞬きもせずに私をジッと見続ける。そして凛《りん》とした表情で、両手で私の手を握った。

「そういう事情なら、なおさら私はすぐに婚約の申し入れを断ったほうがいいわよね」

「え……」

「さっきは私、動揺もしてたし、パパへは『もう電車に乗るからあとで』って話を中断させたの。帰ったら私はそういう気はないって言うわ。史奈ちゃんは彼に本当のことを話して」

私の右手を包む亜理沙の華奢《きゃしゃ》な手が、とても頼もしい。

「いいの……？　亜理沙と亜理沙のお父さんの立場が悪くなるんじゃ……」

「いいの。元はと言えば私のせいだし……。それに、史奈ちゃんの力になりたい」

亜理沙の力強い眼差《まなざ》しを受け、こくりと頷いた。

「ありがとう。じゃあ、明日会ってもらえるように連絡してみる。電話やメッセージじゃうまく伝えられる気がしないから……」

「今度は私が史奈ちゃんを助けられるかな？」

「いや。結局、今回私は亜理沙を助けられなかったような……」

「そんなことないよ。史奈ちゃんと出会ってから、私はひとりで悩まなくなったもの。ありがとう」

ニコッと笑う亜理沙に、私は少し驚いていた。

亜理沙の気持ちを初めてはっきりと聞いた。素直にうれしい。胸の奥が温かくなる。私にとっても、亜理沙は大切な友達だ。こんなに長い付き合いは亜理沙くらい。私だって、亜理沙には常日頃、主に仕事についてだけど相談に乗ってもらってる。

「こちらこそ。本当にありがとう」

改めて感謝を口にするって、照れくさい。

私は心の中が満たされた気がした。人との繋がりって、こんなにもあったかい。

翌朝は出社の支度に時間が掛かった。正確に言えば、仕事の準備よりは身だしなみのチェックと心の整理に、だ。昨日、あれから布団《ふとん》に入ったのはいいものの、全然眠れなかった。

昨夜遅く、亜理沙から不穏なメッセージが届いた。

《さっき少し話をして……パパがちょっと乗り気なの。『結婚するなら、一生大事にしてくれそうな相手がいいから』って。とりあえず今日はもう遅いから、明日改めて話してみるね。遅くにごめんね。おやすみなさい》

亜理沙と別れた直後までは、うまくいくって簡単に考えすぎていた。現実はそう甘くはないのだと思い知らされた。

さらに、誠也さんへ約束を取りつけるための文面を考えていたものの、いろいろと考えすぎて連絡できずじまい。

自分が伝える内容は大体固まってる。しかし、亜理沙を追いかける前に彼から着信があったから、こちらから連絡すればすぐに折り返し電話が来るかもしれない、と怖《お》じ気《け》づいてしまって。

おそらく、着信の理由は亜理沙のお父さんに挨拶しにいった報告だと思う。もしそうなら、やっぱりあのとき電話に出ず、先に亜理沙から状況を聞けて良かった。誠也さん本人から、亜理沙のお父さんに会いに行って頭を下げただなんて聞いたら、どう対応してたか自分でもわからないもの。

そんなこんなで、余計なことばかり考えているうちになかなか寝つけなかったのだ。

「眠い……」

鏡の前でぼそりとつぶやく。家にいる母に「行ってきます！」と声を掛けて、駅へと急いだ。

いい加減、誠也さんへ連絡しなきゃ、と思っても朝の電車はぎゅうぎゅうだ。スマートフォンを弄る余裕なんかない。

すし詰めの車輌から降り、乗り換えてはもうひとたびラッシュの電車に揺られる。ようやく新大久保《しんおおくぼ》駅に着けば、職場まで数分歩かなければならない。

ああ……今朝はもう連絡する時間がない。昼休憩で必ず連絡しないと……。

駅を出て一度足を止め、深呼吸をした。気持ちを切り替えて職場に向かう。

約十分後に職場に到着した私は、すぐにパソコンを開いてメールをチェックした。

「あ。先日確認に行った現場、前回変更依頼した箇所、週明けまでに確認しておいてほしいって来ました」

メールを読み上げるようにして、近くにいた宮野さんへ報告する。

そこはこの間、誠也さんと偶然出くわした現場だ。一瞬、『また遭遇したりして』と頭を過ったが、今日は土曜日というのを思い出して安堵する。

仕事中に会っても、絶対ちゃんと話せやしない。心配しなくても、きっと向こうは休日のはずだし、第一あんな偶然そうそうないよね。

「わかった。俺、今日の昼前なら時間空くから一緒に行くわ」

「え。いいんですか？　ありがとうございます！」

宮野さんにお礼を言って、パソコン画面に向き直る。すると、斜向かいの宮野さんからジッと視線を向け続けられて、そろりと視線をやった。

「なにか顔についてます？」

キーボードから離した手で自分の顔を触る。宮野さんは、首を横に振った。

「いや。如月って純粋だよなーと思っただけ」

「はっ？」

メイクの乱れかなにかかと思いきや、まったく違う答えが返ってくる。それがまた、なんだか気恥ずかしい内容で、思わず声を上げた。

宮野さんは私のデスクに近寄ってきて、つらつらと言葉を並べる。

「いやあ、こういう仕事って、自我が強いタイプが多かったりするじゃん？　あくまでクライアントの意見が一番ではある。が、ベースは担当者がいいと思う商品から勧めるわけだし。良くも悪くも自分の個性を反映しがちだし」

急になんの話だろう？　と思いつつ、言っている内容は少しわかる気がした。

私たちの仕事においては、自分が好きなものを提案するよりも、クライアントの希望をいかに実現させるかのほうが重要だ。しかし、故意ではなくても自分が好む方向へ話を持っていきがちだったりする。私の場合、そういうときに先輩である宮野さんがときどき間に入って忠告してくれて気づかされる。没頭《ぼっとう》しすぎるあまり、視野が狭くなった私にとって、ありがたい存在なのだ。

宮野さんはさらに続ける。

「クライアントのものではあっても、一緒に作っていくうち無意識に『自分の空間』でもあるって感覚になる。だから、立ち入られて横から口出されるのが嫌だってやつも一定数いるからさ」

なるほど。仕事に限らず、そういうふうに感じる人はいるかも。

「まあ、そう言われたら確かに自分とは趣味や考え方が違う同僚からいろいろと言われるのは……想像するとしんどいですね」

自分が好きなものに対して、横からああだこうだ言われれば、面白くない気持ちにはなるのもわかる。

「だろ？　一応《いちおう》俺は余計な口出しはしないように気をつけてはいるけどさ。指摘すれば、『めんどくさいな。うるさいな』って思ったりするかなってね」

「え？　私が、ってことですか？　うるさいだなんて！　私は偏ったデザインしていたら気づかせてくれたほうがいいですし、宮野さんって口調に棘《とげ》がないから、そんなふうに感じたことは一度もないですよ！」

知らぬうちに熱弁を振るっていたら、ふいに宮野さんの右手がぬっと目の前に出された。反射で目を瞑《つむ》ると、頭をくしゃくしゃと撫でられる。

「ほんと、素直で可愛い後輩だな。俺のほうが後輩離れできなそう」

「み、宮野さん……」

「ああ、これセクハラになる？　もうしないから見逃して」

不快ではないけれど、男の人に撫でられるって落ち着かない。宮野さんは茶目《ちゃめ》っ気《け》たっぷりに笑って、デスクへ戻っていく。

私は前髪を直しながら、気を取り直してメール画面に意識を向けた。

昼十二時を少し過ぎた。私は宮野さんと並んで外を歩いていた。

辺りには家族連れもちらほら見られる。改めて、今日は休日なんだなあ、となんだかほっこりした気分で小さい子どもを眺めていた。

「昼になっちゃったな。如月は今日お昼どうすんの？」

「私はお弁当です。あ、宮野さん、外食でしたらこのまま休憩に入っても大丈夫ですよ。私、電車で先に戻りますから」

「んー。いや、俺と一緒に車で帰ろう。俺も途中コンビニでなんか買っていくわ。んで、如月の弁当とおかず交換してもらお」

「えー？　高校生みたいなこと言いますね。宮野さんって面白いですよね」

私がくすくすと笑っていたら、ひと足早く赤信号の横断歩道の手前で止まった宮野さんが、くるりと振り返り顔を覗き込んできた。

「本気だぞ？　だって如月の手作りなんだろ？」

「そうですけど……別に普通の質素なお弁当ですよ」

距離感が近すぎて、ちょっと動揺した。でも、あの宮野さんだ。こういうのもノリなだけで、意識するほどの出来事じゃない。

そうして、気持ちを立て直しているときだった。

「亜理沙さん」

その呼び声にサーッと血の気が引き、勢いよく振り向く。

「あ……」

私を真剣な顔つきで見ているのはスーツ姿の誠也さんだ。

ふいうちの対面に驚きを隠せない。

どうして……。今日は休日だから会う可能性はないと思っていたのに……！

昨夜電話をもらったし、今日の昼には彼に連絡を入れようとは思っていた。一刻も早く会いたいとも思っていた。けれど、こんな展開は求めてない。突然過ぎる。なによりも、今ここには宮野さんが……。

言葉が続かない私に、誠也さんはなにか言いたげな視線を送り続けてくる。私がパニックに陥っている間に、冷静に切り返したのは宮野さん。

「如月？　知り合い？」

「え……っと」

私の歯切れ悪い様子のせいで、宮野さんはどうやら誠也さんを警戒するべき標的だと判断したらしい。

「あなたは？」

宮野さんの質問に誠也さんはハッとして、名刺《めいし》を取り出した。

「突然失礼しました。僕は久織設備の久織誠也と申します」

「久織……？」

宮野さんは誠也さんの名刺をおもむろに受け取り、大きな目をして確認している。

私があたふたしていると、宮野さんも誠也さんへ名刺を差し出しながら、少々不思議そうに尋ねた。

「うちの如月になにか御用で……？」

「如月？」

今度は誠也さんが訝し気な顔つきになってつぶやいた。

まずい。誠也さんは、私を〝大迫亜理沙〟だと思っているのだから、如月と言われても通じるはずがない。

「あのっ、宮野さん！　すみません。五分だけ……いただけますか？」

宮野さんは私を数秒見つめて、口を開く。

「……わかった。じゃあ俺は車を持ってくる。五分後に」

そして、誠也さんに向かって「失礼します」と頭を下げ、横断歩道を渡っていった。

誠也さんとふたりきりになった私は、重い気持ちで彼と向き合う。

「あの、昨日は電話に出られずにすみませんでした」

「ああ、いえ。昨夜《ゆうべ》の電話は、兄の代役を安易《あんい》に引き受けてしまった件は自分が時《ま》いた種ですので、ちゃんと刈り取りました、と報告したかったんです」

誠也さんは僅《わず》かに口角を上げて続ける。

「父へはすでに報告、承認済みです。あとは大迫社長に認めてもらうのと……あなたに僕を知って好きになってもらうだけなんですが——」

彼の表情からは、今、なにを思っているかまったくわからない。

だって、さっき宮野さんが『うちの如月』って言ったの……聞こえていたはず。だったら、真っ先に私を問い質して、怒ったり軽蔑《けいべつ》したりするよね。

ふいに彼は手元の名刺に視線を落とし、やおら怜悧な瞳を私に向けた。瞬間、ぎくりとする。

「さっきの男性は、発言内容からあなたの会社の先輩と見受けました」

誠也さんは私の上着の襟元を見て言う。

「あなたもさっきの彼と同じ社章バッジ……やはり大迫不動産の社員ではない」

核心をつかれ、ひとことも発せなかった。鋭い推察に硬直する。

こんなふうに正体を明かすことになるとは思ってなかった。

言い逃れするつもりはない。だけど、いざ想像していたシチュエーションに直面したら、こんなにも言葉が出て来ない。

そのとき、さっきまで落ち着いた様子に見えていた彼が、当惑の色を露わにする。

「『如月』というのは、どなたのお名前ですか？」

心臓が大きく脈打った。

覚悟していてこれだ。彼がもっと感情的なタイプで、責めるように捲《まく》し立《た》てられていたら、どれだけ狼狽えていたか……想像するのも怖い。

ドクドクと早いリズムで打つ鼓動に呑み込まれぬよう、ゆっくり息を吸った。

「私です。申し訳ありません……嘘を、吐《つ》いていました」

冷静に、と言い聞かせる心とは裏腹に、実際は声が震える。一度黙れば、また話し出すのに時間が掛かりそう。だから、頑張って言葉を続ける。

「私も、あなたと同じだったんです」

「僕と同じ？」

即座に聞き返され、私はこくりと頷いた。

「私も大迫亜理沙さんの代役です。私は彼女の友人なんです。黙っていて……ずっと騙していてすみません」

最後はもう彼の顔も見られず、ガバッと上半身を倒して頭を下げた。彼が視界から外れてもなお、気まずい空気がいたたまれなくて、ぎゅうっと固く目を瞑る。

どのくらいの時間が経ったのか。十数秒が、何分にも何十分にも感じられる。

それまでなにかしら反応を示していた彼が、まったく声を発さない。絶句《ぜっく》している
らしい。それだけ大きな衝撃を与えたんだと気づく。
「そんな嘘みたいな話……」
ようやく、ぽつりと零された言葉に、そろりと瞼を押し上げた。けれども、頭は垂
れたまま私は答える。
「……ですよね。私も誠也さんが事実を伝えて下さったとき、心底驚きました。まさ
か相手も同じことをしていたなんてって」
亜理沙に今回の話を聞いたときから、信じられないことの連続だった。
「あなたは、正式に婚約を……と言ってくれましたが、本当の私はなんの後ろ盾もな
い一介《いっかい》のインテリアコーディネーターです」
亜理沙は私に『魅力がある』って言ってくれたものの、やっぱり自信がない。結婚
するとなれば、やっぱり家同士の問題に発展するだろう。そうなった際に、私にはな
にも後ろ盾はない。
「それを知ってしまえば、以前仰《おっしゃ》っていた気持ちも……変わりますよね？」
一番信じられないのは、彼よりも自分自身なのかもしれない。
私は卑屈《ひくつ》な思いを吐露《とろ》し、姿勢を戻した。が、視線は上げられないまま。

再び私たちの間に沈黙が訪れる。まるで時間が止まったよう。しかし、通りを走る車の音で、現実は時が進んでいるのだとわかる。

「あなたの本当の名前は……？」

「五分経ちましたよ」

誠也さんの声を遮って、宮野さんがやってきた。

金縛りが解けたかのごとく、あれだけ動かなかった顔が上を向いた。見れば私たちが気づかぬ間に、車が横付けされている。

宮野さんは強張《こわば》った私を神妙な面持ちで見たのち、私の腕を掴んだ。

「申し訳ありませんが、時間がないのでこれで失礼いたします」

そうして、前にも後ろにも動けない私は宮野さんに引っ張られ、車に乗せられた。

車が走り出してもなお、後方から誠也さんに視線を向け続けられている錯覚《さっかく》に陥る。

「俺、余計なことした？　なんか如月が困ってる気がして。無理やり話終わらせちゃったけど」

「あ、いえ。大丈夫です。なんかすみません」

落としていた視線を上げて、今度は宮野さんに頭を下げた。

「車取りに行ったときに、あの人の名刺を改めて確認したよ。彼、本当に久織設備ののだから。

「その答え方だと、そこまで親しい間柄ってわけじゃないんだ」
宮野さんの指摘はもっともだ。私はあからさまに他人行儀な答え方をした。それも仕方がない。私だって、彼が久織設備の社長だと知ったのは、つい最近なのだから。

私が押し黙っていると、宮野さんはフロントガラスを見て言った。

「っつーかさ、アリサって誰？」
ドクン、と大きく心臓が跳ねる。手のひらには汗を握り、無意識にぎゅうっと爪を食い込ませた。そういうときに限って赤信号で車は止まり、宮野さんは双眼をこちらに向けてくる。

「明らかに、如月をそう呼んでたよな？　まさか源氏名《げんじな》とかそういう……」
「ちっ、違います！　ダブルワークなんてする暇ないのは宮野さんもわかるでしょう？」
そうか。そういう誤解も招きかねない。しかし、即座に否定したものの、『だったらなぜ？』と返されるのがオチだ。

「じゃあ、どういうこと？」

案の定、予想通りの反応が返ってくる。私は視線を泳がせ、言い淀《いよど》む。

「事情が……あって」

「偽名を使う事情って？　しかも久織設備の社長が絡んでるって、俺には大ごとにしか思えない。心配なんだよ！　なんていうか……先輩として！」

私は懸命にこの場を凌ぐ方法を考えたが、切り抜けられる手段などないと途方に暮れた。だって、今は車内にふたりきり。休憩時間に入ったばかりで時間はたっぷりとあるし、なによりもはっきりと聞かれてしまった。

『亜理沙さん』と呼ばれている瞬間を。

私は心の中で亜理沙に『ごめん』と謝り、大迫の名前は伏せて事情をかいつまんで説明した。

「友達の代わりにって……常識じゃ考えられないな」

当然、宮野さんは驚愕し、呆《あき》れ交じりにつぶやいた。

「で、事実を知らないあの男に言い寄られて困ってるって話だ」

「いえ、困ってるってそういう話じゃ……」

「じゃあなに？　言い寄られるのは悪い気しない？　好きなの？　あいつのこと」

矢継ぎ早に言葉を重ねられ、私は肩を窄めた。宮野さんはアクセルを踏み、再び顔を前方に向けてため息を落とす。

「いやいや……冷静になりなよ。それってたぶん、どっちも親が縁談組むくらいの家なんだろ？　相手はあの久織。ただでさえ初めからややこしい話なのに、すんなりうまくいくとは思えないって」

辟易《へきえき》したような様子で注意をされ、肩身の狭い思いになる。

宮野さんは正しい。ただ、私の中ではすでに、正しいか否かって話ではないのだ。それで宮野さんに軽蔑されても仕方がない。

「不快な思いをさせてすみません。宮野さんにはもうご迷惑お掛けしませんので」

「掛けていい」

「はい？」

開き直って一線を引こうとしたのに、宮野さんの言葉少なな即答に思わず目を瞬かせる。

彼はハンドルを握ったまま、真剣な横顔で言った。

「俺なら迷惑を掛けられてもいい。だから、面倒になる前にやめておけよ」

「え……」

宮野さんの真意がわからず茫然《ぼうぜん》としていると、車はコンビニへ入っていった。

「弁当買ってくるわ。如月は飲み物とかいい？」

「い、いえ、大丈夫です……」

そうして、宮野さんが降りて車内にひとりきりになった私は、堪えきれずに重苦しい息を落とした。


昼休憩では宮野さんと食事をしたが、誠也さんの話題は出て来なかった。そうは言っても、やっぱりなかったことにはならないから、私はどこか気まずい気持ちを抱えてお弁当を食べた。

午後からは通常通り業務をこなしていた。しばらくは宮野さんが気になっていたけれど、次第に仕事に没頭する。

忙しくて助かったなんて。こんな気持ちで仕事するのはダメだと頭ではわかってるのに、今ばかりはそう思わずにいられない。

夕方になり、ようやくいつものコンディションで作業をしていたら、営業の社員に声を掛けられた。

「ごめん。誰か悪いけど、お客様にコーヒーふたつ用意してもらえる？　ちょっと手が足りなくて」

うちはいつも手が空いている人がお茶やコーヒーを用意する。

私は急ぎの仕事がなかったため、率先《そっせん》して立ち上がった。

「私が。ホットでいいですか？」

「ありがとう。助かる！　うん、ホットで。商談室Aにお願い～」

「わかりました。すぐに用意します」

私は調べものをしていたスマートフォンをそのままデスクに置き、すぐに給湯スペースへ足を向ける。カップを二客用意して、ドリップコーヒーをセットした。トレーにカップを乗せ、別室へ運ぶ。

「失礼いたします」

若めのご夫婦にコーヒーを提供し、給湯スペースを片づけて自席に戻った。

椅子に座る直前、宮野さんと目が合った気がしたが、つい気づかないふりをしてしまった。せっかく昼間の件を忘れて集中していたのに……と再び気まずさを思い出し、俯いた。

その後、スマートフォンが短く震える。私はこっそりポップアップ画面を確認する。

亜理沙だ。

《お疲れ様。私は今仕事終わって会社出たところだよ。それより、どう？　お昼に連絡なかったから気になっちゃって……。私はこれからパパのところに行って話してくるよ》

ああ、そうだ。亜理沙だって気になってるよね。宮野さんにばかり気を取られていて、お昼は亜理沙にメッセージを送る余裕もなかったんだった。

亜理沙はこれからお父さんのところへ話し合いに行くんだ。たぶん、亜理沙を一番に考える父親っぽいし、無理に結婚へと話を進める可能性はないとは思う。

亜理沙は心配なさそうにもかかわらず、私は知らぬ間に小さなため息を零していた。

昨日から立て続けに起きた出来事を、私ひとりでは消化できない。あっちもこっちも動向が気になるうえ、自分のすべきこともうまくいかないし。むしろ、宮野さんに知られて問題が大きくなっただけ。何事も宙ぶらりんの状態だと、心が重い。

とにかく今は仕事を終わらせるのが先決だ。

私はスマートフォンをデスクに伏せ、手元の資料に意識を戻した。

5. あなたの本当の名前は

『兄との見合いはなかったことにしてください。亜理沙さん。正式に僕と婚約していただけませんか』


そう彼女に伝えた日。俺は自宅マンションに着くなり、ソファに腰を下ろして背もたれに身体を預けた。高い天井を仰《あお》ぎ、彼女の言葉を反芻《はんすう》する。

はっきりと『婚約できません』と断られてしまった。

俺は心のどこかでまだ、うまくいくと高を括っていたんだろうな。冷静に考えれば、すでに初めて会った日に断られているのだから、成功するほうが奇跡《きせき》だというのに。

一緒に笑い合って食事をして夜景を見て……いい雰囲気だと勘違いしていたらしい。

そう感じていたのは自分だけだったんだ。

「くくっ……滑稽だな」

抑えきれずひとりごとを漏らす。

さすがに二度も振られた直後は落ち込んだ。……が、どうも彼女の表情や口調が引っ掛かって、まだ望みがあるのではないかと思わずにいられない。

なんて言って、彼女の本心は到底《とうてい》わかるはずもないのだけれど。

おもむろに前屈《まえかが》みになり、ポケットからスマートフォンを取り出した。スイスイと指を滑らせて父の名前を表示させると、発信ボタンをタップする。

一コール目で繋がるなり、一方的に捲し立てられた。

『どうした？　指名競争入札の件か？　あれはどのみち赤字になるやつだろう。適当な額入れてやり過ごせ。お前は儲け《結果》より内容《経過》を重視しすぎだといつも……』

「電話に出るなり小言を言う癖《くせ》、やめてくれないか。父さん」

うんざりして眉を寄せる。父は久織建設の代表で、トップに立つ人間だ。そのせいか、人への接し方に少々さが垣間《かいま》見える。

「会社のほうは、ちゃんと自分で考えてる。優秀な部下とね」

『お前はやさしすぎるからな。他人は平気で人を陥《おとし》れるってのを、ちゃんと胸に刻み込んでおかないと』

「本題に入るよ。手短に話すから」

辟易した俺は、父の話をぶった切って一方的に話を変える。

「先週、兄さんが大迫不動産のご令嬢と会う予定だったのは聞いてる？」

『ああ。先週だったのか。なにか言ってたか？』

父の声色があからさまに明るくなった。結婚のけの字も感じられない兄だ。なにか転機が訪れたかと期待でもしたんだろうが……。

「それ、兄さんの命令で俺が代わりに行ったんだ。大迫氏の娘さんと会ったのは俺」

『なんだって？　あいつめ！　またうまいこと逃げたのか。それだから祖父さんも意地になるんだ。いや、それよりも！　そんなことすれば先方の怒りを買っただろう！』

電話越しに父が声を荒らげたが、構わず本題に入る。

「そこで相談というか報告なんだ。大迫氏のご令嬢とは兄さんじゃなく、俺が話を進めても問題ないだろう？」

『はっ……？』

いつもはこっちが振り回されるほうだ。それが、今回ばかりは逆転したらしい。

父らしからぬ間抜けな声を耳に入れつつも、俺はさらに続ける。

「まだ先方からは正式に了承はもらえていない。だけど、俺は彼女に惹かれてる」

まあ、現時点ではかなり勝算のない勝負だ。だって、すっぱりと断られたのだから。

しかし、どういうわけか、すんなりあきらめがつかない。それどころか、彼女をもっと知りたくて、ここ数日は時間があれば彼女を想っている自分がいる。

『ほう。まさか仕事の虫のお前の口からそんな言葉が聞けるとはな。これは驚いた。相当魅力的なお嬢さんらしい。どうりでな。祖父さんが、大迫社長が今回の話にどこか後ろ向きな雰囲気だったと言っていたわけだ。随分《ずいぶん》と大事にされているらしいな』

父はスピーカーの向こうで高らかに笑う。俺は耳からスマートフォンを少し離し、淡々と告げた。

「とりあえず、父さんが俺でも問題ないと言ってくれさえすればそれでいいから」

『亮でも誠也でも、結婚すれば結果的には同じだ。問題はない。ただ、亮とお前が画策《かくさく》した小細工でくれぐれも相手方の信用を失うなよ。そのあたり上手くやれ』

「言われなくても」

通話を終え、スマートフォンをローテーブルに置いた。太腿《ふともも》に置いた両手を合わせ握る。

とりあえず、これで舞台は整った。明日、また折をみて彼女に連絡をしてみよう。

翌日。俺は満《まん》を持《じ》して午前中に大迫不動産に連絡を入れた。

社長と電話を繋いでもらい、運よくアポイントメントを取れた。俺はすぐさま仕事の調整をして、大迫社長の元へ急ぐ。

「急なお願いにもかかわらず、お時間をいただきましてありがとうございます。はじめまして。久織誠也と申します」

平静を装っていつも通り名刺を渡すが、内心かなり緊張していた。

大迫社長は穏やかな面持ちで革張りの椅子から立って、名刺を受け取った。

「いや。ちょうどスケジュールに余裕もあったしね。それに、相手が『久織』と名乗れば、話が気になって仕方がないじゃないか。まさか久織家の次子・誠也さんが訪ねて来られるとは。どうしたのかな？」

彼は和やかな雰囲気で、同じ室内にある応接セットのソファに移動する。「まあ、まずは座って」と俺に声を掛け、大迫社長はひとり掛けソファに腰を沈めた。

勧められるまま、向かい側のソファに静かに座ると、秘書の女性がお茶を出してくれた。女性が部屋を出て行った直後、俺は本題に入る。

「正直にお話いたします。初めてお嬢さんと約束をしていた日は、兄ではなく僕が出向きました。兄の都合で僕が代わりに……」

俺の言葉を聞いた大迫社長は見る見るうちに表情を硬くする。

「なんだって？　そんな話、亜理沙からはひとことも聞いていなかったな」

「それは僕が名前を『久織亮』と偽っていたからです。僕は初め、亜理沙さんを欺いていたのです」

大迫社長は目を白黒させる。

「それは……いったいどういう了見か、納得いくように説明してもらえるのかな？」

言葉尻こそ柔らかいが鋭い眼光を放たれ、戦慄《せんりつ》する。

俺も仕事では幾度《いくど》となく修羅場《しゅらば》を経験したつもりだが、今回はわけが違う。やや委縮して、思わず声のトーンを落とした。

「……はい。兄も僕も、お嬢さんとは二度会うことはないと……思っていたからです」

目線を下げても、正面からの厳しい視線をひしひしと感じる。けれども、ここで引き下がるわけにはいかない。

「本当に申し訳ないと思っております。お怒りになられるのももっともです」

「それで？　まさかその謝罪のためにわざわざ足を運んだと？」

幾分《いくぶん》か冷ややかな口調に、ぎくりとした。

俺は咄嗟にテーブルに額をぶつける勢いで、深く頭を下げた。

「こんな流れでお願いするのは失礼だと、重々承知しております。……ですが、どうか……お聞き入れくださいませんでしょうか！　お嬢さんと……亜理沙さんとの縁談を、僕と進めさせていただけませんか？」

「なに？」

顔を見ずとも、大迫社長の険しい表情は目に浮かぶ。

「本来は兄が候補に挙がっていたお話です。ですが、僕はどうしても亜理沙さんに惹かれずにはいられず……。自分の罪や恥を晒しても、彼女を慕う気持ちが伝わるならば構わないと思っています」

俺の切願《せつがん》に、大迫社長は数秒黙ったのち、凛とした声で答えた。

「君の話はわかった。だが悪いが、この場で簡単に返事をするようなものではない。今日のところはお引き取り願おうか」

それまでずっと下げ続けていた頭を、ゆっくりと戻す。

「はい。本日は貴重なお時間を割いていただき、ありがとうございました。失礼いたします」

そして最後にもう一度深くお辞儀をして、すごすごと大迫社長の元を去ってきたのだった。

自社に戻り、デスクに着いてもなお気持ちは落ち込んでいたが、ため息はつかなかった。誰が言い始めたのか知らないが、『ため息をつくと幸せが逃げていく』という迷信が頭に浮かんだせいだ。

重い気分には違いない。しかし、落ち込む時間がもったいなく感じるほど、気づけば彼女の存在は大きく膨らんでいた。

今回の件は身から出た錆《さび》。自業自得《じごうじとく》だ。彼女の父である大迫社長から厳しい反応が返って来るのは想定済みだったし、理解できる。それでも、俺はこの試練を回避しようとは微塵も考えなかった。

まっすぐな彼女と向き合うには、自分も誠実な行動を取らなければならないのは当然至極。俺のすべきことは正直にすべてを伝え、許してもらうこと。そして、認めてもらうために全力を尽くす。

決意を新たに、目の前の仕事に取り組んだ。

――『そうやって、『ひとりじゃなにもできない』って認めるのは案外難しいと思います。きっと久織さんは社内でも人気があるんでしょうね！』

ふいに彼女の笑顔と言葉が蘇る。俺はつい苦笑した。

純粋な彼女を失望させないためにも、業務をこれまで以上に集中してこなしていこう。いつでも彼女の前で堂々と立っていられるように。

気づけば大きな窓から覗く景色は夜に変わっていた。腕時計に目をやると、もう九時になるところ。

ずっと座りっぱなしで身体が固まっている。椅子から立って軽く首を回したあと、デスクに置いていたスマートフォンに手を伸ばした。ディスプレイに目を落としながら、窓際へ歩みを進める。そして発信ボタンを押した。

呼び出し音が繰り返される間、緊張が高まる。女性相手に、こうもそわそわするのは初めてかもしれない。だが、俺の緊張をよそに、コールは途中で止まり、切れてしまった。どうやら、電話に気づいていないか出られない状況らしい。

あまり何度も電話をしたら迷惑だろう。時間を置いてから、となると夜も遅くなってしまうし……。

いろいろと思案した結果、俺は彼女と今日中に話すのを断念した。

翌朝、一番にしたのはスマートフォンのチェックだった。もしかしたら彼女からなにか連絡が入っていないかという期待も儚《はかな》く散った。

……避けられている？　と一瞬マイナス思考になりかけた。ベッドに仰向《あおむ》けで寝転がり、右腕を額に乗せて瞼を閉じる。

素直に身を引いたほうが彼女にも迷惑を掛けなくて済むのかも……と。

——いや。まだだ。まだ、もう少しだけ。

そうしてベッドから起き上がり、支度をする。

今日は土曜日だったが、一件仕事がある。以前、彼女と偶然再会した辺りの現場だ。

俺はなんだかまた彼女に会える気がして、前向きな気持ちで自宅マンションを後にした。そして、その予感は現実となった。

彼女の姿が視界に入った瞬間、街の喧騒が消える。

彼女は初めて会ったときと同じ、大きなバッグを肩に提げ、男と歩いていた。隣の人物が気になるところだが、ふたりともスーツ姿。一見して仕事仲間という感じだ。

俺が懸念《けねん》する間柄ではないはず。

急《せ》く気持ちでふたりの後を追い、ようやく声が届く距離になったと同時に、ふたりの会話も聞こえてくる。

「私はお弁当です。あ、宮野さん、外食でしたらこのまま休憩に入っても大丈夫ですよ。私、電車で先に戻りますから」

彼女の会話の内容から、やはり隣の男は仕事関係の繋がりなのだとわかった。

ほっとするのも束の間、先輩らしき男が驚きの発言をする。

「んー。いや、俺と一緒に車で帰ろう。俺も途中コンビニでなんか買っていくわ。んで、如月の弁当とおかず交換してもらお」

「えー？　高校生みたいなこと言いますね。宮野さんって面白いですよね」

彼女の手作りの弁当をもらおうとするなんて。しかも、彼女も楽し気に笑っている。

俺は子ども染みた嫉妬心に囚《とら》われて、今の発言に隠された重大な事実にまだ気づかなかった。

しかし、次に男が放った言葉に引っ掛かりを覚える。

「本気だよ？　だって如月の手作りなんだろ？」

え……？　待てよ。今、彼女に向かって『如月』って……。そういやさっきも言ってたような……。

愕然《がくぜん》としつつも、恐る恐る声を絞《しぼ》り出す。

「亜理沙さん」

「あ……」

勢いよく振り向いた彼女と目が合った刹那、彼女は驚きのあまりなにも言えずにいるようだった。

彼女の反応が真実を物語《ものがた》っている。動揺を隠しきれない様子は、見ていてこちらまで苦しくなる。彼女が懸命になにか言葉を投げかけようとしているのがわかっても、さすがに俺もすぐに対応できず、ただ黙って彼女を見つめた。

「如月？　知り合い？」

硬直した俺たちの間に割って入ったのは、彼女の先輩らしき男だ。

「あなたは？」

どうやら彼は、彼女が困っている理由が俺が現れたからかと考えたのか、訝し気に尋ねてきた。

「突然失礼しました。僕は久織設備の久織誠也と申します」

すぐに名刺を用意するのは、もう慣れた行為だった。

彼は警戒心を緩めずに、俺の手から名刺を受け取って「久織……？」と驚いた声でつぶやく。しかし、すぐに冷静な態度に戻り、俺に名刺を差し出して聞いてくる。

「うちの如月になにか御用で……？」

「如月？」

やっぱり、聞き間違えではない。彼は隣の彼女を『如月』と呼んでいる。いったいどういうことなんだ。

驚愕のあまり、言いたい言葉がまとまらない。

すると、彼女が慌てて男に言った。

「あのっ、宮野さん！　すみません。五分だけ……いただけますか？」

「……わかった。じゃあ俺は車を持ってくる。五分後に」

男は納得いかない表情だったが、渋々彼女の願いを聞き入れ、俺に向かって頭を下げて横断歩道を渡っていった。

あの男……俺の勘だが、彼女をただの後輩だと思っていない気がする。

モヤモヤとしたが、それよりも先にまずは彼女と話を……。

すると、俺よりも先に彼女が言葉を発した。

「あの、昨日は電話に出られずにすみませんでした」

俺はすぐさま真相を確かめたかったが、グッと堪えた。

「ああ、いえ。昨夜の電話は、兄の代役を安易に引き受けてしまった件は自分が蒔いた種ですので、ちゃんと刈り取りました、と報告したかったんです」

焦る気持ちをどうにか抑え、順を追ってこちらの用件を伝えるも、彼女は不安げに眉をひそめた。俺の心情を窺うような視線を向ける彼女の緊張を和らげたくて、俺は意識的に微笑んだ。

「父へはすでに報告、承認済みです。あとは大迫社長に認めてもらうのと……」

そこまで口にして、ふいに自身へ問いかける。

もしも、彼女が『大迫亜理沙』でないのなら。

俺は今日まで……いや、もしかすると、これからも正体を偽り続けようとしていたのかもしれない目の前の彼女を、軽蔑するだろうか。

疑問の答えがはじき出されるのに、まったく時間は掛からなかった。

これまでの彼女が演技をしていたとは思えない。この子は俺と一緒にいる時間を、『素の自分』で過ごしていたんだと感じている。でなければ、あんな輝いた瞳で、まぶしい笑顔で、自分の夢なんか語らない。

それに、俺自身も彼女を欺いていたのだ。こうなれば、むしろ運命の出会いだったと信じたい。いや。そうしてみせる。

「あなたに僕を知って好きになってもらうだけなんですが――」

俺の告白に、彼女はあの夜と同じように迷いの色を浮かべた。

「さっきの男性は、発言内容からあなたの会社の先輩と見受けました」

怖がらせないよう、なるべくゆったりとした声色で言い、彼女のスーツの衿に視点を合わせる。

「あなたもさっきの彼と同じ社章バッジ……やはり大迫不動産の社員ではない。『如月』というのは、どなたのお名前ですか？」

俺は核心に迫った。彼女は小さな唇をきゅっと噛みしめ、震える声で答える。

「私です。申し訳ありません……嘘を、吐いていました」

肩を小さく震わせる彼女が愛《いと》おしくて、すぐにでも抱きしめたい衝動に駆られる。

「私も、あなたと同じだったんです」

「僕と同じ？」

「私も大迫亜理沙さんの代役です。私は彼女の友人なんです。黙っていて……ずっと騙していてすみません」

彼女は涙声でそう言うと、深々と頭を下げた。

いざ、事実を知るとやっぱり衝撃的で、俺は無意識に口を閉ざしていた。ずっと姿勢を変えない彼女を見下ろして、ぽつりとつぶやく。

「そんな嘘みたいな話……」

現実にありうるのか？　見合いに繋がる一席に、互いに代役でやってきたなんて。

彼女の口から直接それを聞き、言葉にしがたい熱い感情がこみ上げてくる。

おそらく彼女は、俺がこんな気持ちでいるなどとは想像もしないのだろう。固く瞑っていた目を薄っすら開いても、俯いたまま。

「……ですよね。私も誠也さんが事実を伝えて下さったとき、心底驚きました。まさか相手も同じことをしていたなんてって。あなたは、正式に婚約を……と言ってくれましたが、本当の私はなんの後ろ盾もない一介のインテリアコーディネーターです」

インテリアコーディネーター……どうりで。

彼女の現職を聞いて腑《ふ》に落ちた。これまでの彼女の言動にぴったりとハマるものだ。

「それを知ってしまえば、以前仰っていた気持ちも……変わりますよね？」

彼女のセリフに、ひと筋の希望が見えた。

俺の勘違いじゃないのなら……今の言葉は、俺に真実を知られて幻滅されるのを恐れているように受け取れる。どうでもいい相手なら、そんなふうには思わないはず。

つまり、俺は嫌われてはいない……？　もしや、彼女にとって俺は恋愛対象外なわけではなく、置かれた状況からやむなく拒否をしていただけなんじゃ……。

「あなたの本当の名前は……？」

「五分経ちましたよ」

右手を浮かせ、彼女の顔に触れようとした矢先だった。宮野が計ったかのごとく、タイミングの悪いところで再登場した。

彼は彼女を心配する目つきをして、俺を差し置いて彼女の腕を掴む。

「申し訳ありませんが、時間がないのでこれで失礼いたします」

宮野は淡々とした口調で言って会釈をし、彼女を連れて車に乗り込んだ。

俺は今ほど誰かを羨ましい、妬ましいと思ったことはない。

彼女と別れたその足で、自宅マンションへ戻った。

道中はずっと苛立《いらだ》ちにも似た不安感に襲われていた。こんな感情は初めてで、家に着いてもなににも集中できず、ただ時間が長く感じられた。

書斎《しょさい》でパソコンの前には着いたが、仕事は思うように捗《はかど》らず、気づけば部屋は薄暗くなっていた。

パソコンを閉じて、「はー」と辛気くさい息を吐く。すると、スマートフォンが鳴って思わず肩を上げた。急いでディスプレイを確認し、一瞬期待をした自分に苦笑しながら電話に出た。

「もしもし」

『お前、バラしたな?』

兄の第一声に、きょとんとする。

『昼過ぎに親父から電話が来て、終わったのはついさっきだよ。もう説教《せっきょう》が長いっての。何遍《なんべん》も同じ話繰り返してさあ。きっと自分が祖父さんに絞られるからだぜ、あれ』

俺は辟易して間接照明のスイッチを入れ、グチをこぼす兄に同じような態度で返答する。

「兄さんのは自業自得だろ。日頃の行いを見直していたら、親父の説教も二時間は早く終わったかもね」

『なんだよ。めずらしく機嫌悪いな。なんかあったのか？　あ、大迫社長に叱責《しっせき》されたか』

確かに機嫌はよくないが、理由はちょっと違う。まあ、大迫社長の問題も残っているのは事実だし、当たらずとも遠からずってところではあるのだが。

「うるさいな。兄さんはもう関係ないだろ」

『そうだな。じゃ』

「は？　ちょっ……」

ぶっきらぼうに返すや否や、あっさりと電話を切ろうとするものだから、驚いてしまった。

『なに？』

「いや。だって……まさか、電話した理由ってそれだけ？」

兄は普段、まめに連絡をくれるほうではない。電話があるときは、ほとんどが仕事や家庭の連絡事項だ。

『何時間もくどくど言われてストレス溜まったから、お前に当たろうとしただけ。ま、なんかそれどころじゃなさそうだからやめとくわ。じゃあな』

「にっ、兄さん！」

俺はなぜか慌てて呼び止めていた。なにを言うかなど考えてもいないのに。

兄は通話を切らない代わりに向こう側で黙っている。元々電話が来る直前まで情《じょう》緒《ちょ》不安定だった俺は、切羽《せっぱ》詰まって苦し紛れに零した。

「もし、手放したくない……人材がいて。ほかに引き抜かれそうな場面を目の当たりにしたら……どうする？」

ギリギリで理性が働いて、ストレートな表現を避けた。

回りくどい言い方だけど、実兄に恋愛の相談なんかしたこともない。第一、女性に大して興味を持たない兄にあからさまに恋愛相談をすれば、一刀両断《いっとうりょうだん》されそうだ。

『それって、自分にどれだけ利益ある人材？　引き戻す労力も惜しくないくらいか？』

兄の返事をハラハラして待っていると、意外にも真面目に返される。

利益……って表現は違うが、それは俺の相談の仕方が悪かったから仕方ない。俺にとってプラスになる相手かどうか。そうシンプルに考えれば、迷う余地もない。

俺はスマートフォンを持つ手に力を込め、はっきりと答えた。

「惜しくない。代わりはいない。奪われたら一生後悔する」

『それ、俺に聞かなくてもとっくに答え出てるだろ』

即答された言葉に、ハッとさせられた。

『お前は昔から争いごと避けて譲るタイプだよな。あきらめ慣れてるお前が〝一生後悔する〟って、重みありすぎるわ。執着されてる相手が心配になるな』

嫌味交じりで笑って言われたけど、人に改めて口に出されて、ようやく自分の心情を客観的に考えられた。

今日彼女と別れてからずっと、胸の中に靄がかかって晴れない。

これを解決するためには……。

『大迫不動産の令嬢って肩書きだけで、どこかのご子息にも狙われそうだもんな。せいぜい逃さないように頑張れよ』

本当は本物の大迫亜理沙さんじゃなかったって言えば、さすがの兄も驚くだろう。

けれど、俺は今それを話すのをやめた。現状から脱却《だっきゃく》したあとにしよう。

「ああ……って……えっ！」

俺は、はたと気づいた。

兄は初めから、俺の相談が彼女絡みだと勘づいていたらしい。

焦って声を上げたが、すでに電話を切られた後だった。うんともすんとも言わなくなったスマートフォンをしばらく見つめる。兄に対する羞恥心《しゅうちしん》が落ち着いたあとで、未《いま》だ本当の名前を知らず《大迫亜理沙》と登録名の変わらない名前を選び、再びそれを耳に当てた。

六時……。まだ仕事中か。でも、とりあえず着信履歴だけ残しておけば……。

あまり長く鳴らすのはやめようと、次のコールで切ろうとしたときだった。規則的なコールの音が途切れる。

「もしもし」

逸る想いで声を出した。しかし次の瞬間、浮上した気持ちが急降下する。

『もう如月には構わないでくれませんか？』

「なぜ……」

この声はおそらく宮野というやつだ。なんであの男が彼女の電話に……。

動揺すれば、相手の思うつぼ。そうかといって、予期せぬ相手が出た衝撃は大きい。

『今日、如月から事情を聞きました。元々は同等の立場での見合いだったんでしょう？　でしたら、如月とはうまくいきませんよね、〝久織さん〟』

宮野は丁寧な口調の中にもどこか皮肉《ひにく》を含ませ、一方的に言ってはすぐに電話を切った。

なんの音も聞こえなくなったスマートフォンをおもむろに離し、奥歯を噛みしめる。

——上等。全力で奪い返す。

沸々とわき上がる闘志に、座ってなどいられず、すっくと立ちあがる。窓に映った自分を見れば、勝気《かちき》に口の端を上げる男が映し出されていた。

挑発《ちょうはつ》をされれば冷静にやり過ごす俺が、こうも容易《たやす》く煽《あお》られるなんて。

ふいにさっき兄に掛けられた言葉が頭に浮かぶ。

そう。とっくに答えは出ている。彼女をどうにか捕まえてみせる。

焦る気持ちはある。だけど力ずくであの男から彼女を奪っても、なにも解決しない。

急がば回れと言うように、すべきことを着実に遂行していくのが近道のはず。

6. 明日も明後日も、想いは続いてく

今日は日曜日。仕事が忙しくてよかった、と思っている理由は、時間に追われている間だけは余計なことを思い出さずに済むから。

パソコンや図面、カタログを見ては、次回の打ち合わせ用の図面を作成する。一心不乱《いっしんふらん》に作業を続け、昼休みを終えても、ひたすら自分の世界に没入していた。

「戻りました」

午前中からずっと席を外していた宮野さんが戻ってくる。

宮野さんの声が聞こえた瞬間、一気に雑念が湧く。

私の全神経が宮野さんを意識している。それでも私は宮野さんを見もせず、周りに紛れて「お疲れ様です」とひとこと発するだけに留めた。

いろいろと事情を知られてしまっただけに気まずい。実は昨日も、私の仕事が終わったときに視線を感じたが、気づかないふりをしてそそくさと展示場を出たのだ。

宮野さんが私になにか言いたげな雰囲気だったのは知ってる。でも、これ以上なにも言われたくない。それが正論だとしても……いや、正論だからこそ精神的にきつい。

改めて口に出されなくたって、自分でわかっているから。

私が敢《あ》えて視野を狭めて図面に集中していたら、足音がすぐ近くで止まったのに気づいた。なのに、すぐに顔を上げられない。宮野さんになにを言われるか、考えるだけで顔が強張る。

「如月。それ、どうした」

「え？」

宮野さんのやや厳しい声音にどきりとし、手を止める。そろりと様子を窺うと、難しい顔つきで私の図面を見ていた。

「それ、新規のクライアントの図面だよな？」

「は、はい」

私が小声で返事をしたあと、宮野さんは腕を組み、なお図面をじっと見る。

「初めからやり直しだ」

「えっ……」

「気づいてないのか？　それはプロの仕事じゃない。ただ相手の希望だけを反映させている心のない図面だ」

宮野さんに指摘されて図面に目を落とし、ギクッとした。

私、無意識になにも考えずにただ機械的に作業をこなしてた。私たちインテリアコーディネーターの目線からちゃんと見れば、部屋の統一感や利便性など、意見を出せる箇所がたくさんあるのに……。

「確かに相手の求めているイメージを大事にするのは重要だ。だからって、なにも考えずに自分の意思まで無くすのは違うだろ。俺たちは自分の知識を活《い》かして、クライアントの希望以上のものを提案するくらいしなきゃ」

「はい……すみませんでした」

宮野さんは正しい。私も今日まで、その教えを意識してきたはずなのに。『忙しさに追われているほうがいい』だなんて不謹慎《ふきんしん》な理由で、ひとつひとつの仕事を蔑《ないがし》ろにしていた証拠。

ふいに、『笑顔を連鎖させていくような空間を作っていきたい』と語っていた誠也さんを思い出し、同時に自己嫌悪に陥る。彼と比べ、自分の意識の甘さが浮き彫りになった気がして恥ずかしい。

せっかく彼と出会えて、たくさん刺激をもらった。『そういうの、いいな』って自然と同調できたし、私もそうしたいって新たな目標にもなったのに。

私は自分に活を入れ、迷わず手元の図面を破棄《はき》する。それから、新たな気持ちで一から図面と向き合い直した。

　接客や打ち合わせを数件終わらせ、リテイクの図面と格闘していた。気づけば時刻は七時過ぎ。

「如月、そろそろ今日は切り上げたら？　朝も早く来てたみたいだし」

「あ、はい。そうします」

　宮野さんに声を掛けられ、内心渋々帰り支度を始める。

　リテイクを食《く》らった図面、あと数時間で仕上がりそうなんだけどな。でも、そもそも私が集中力を欠いてタイムロスしただけだ。仕方ない。残りは明日きっちり仕上げよう。

　気持ちを切り替えて片付けていると、宮野さんは私の隣のデスクに軽く腰を置いて、こちらを見たまま動かない。

　なんだかそわそわする。なるべく宮野さんのほうを見ないで準備を終え、バッグを肩に掛けた。瞬間、宮野さんがスッと立ってこちらに一歩寄ってきた。

「なあ。少し時間ある？」

「えっと……今日は友達と約束してて」

私はバッグの取っ手をぎゅっと握り、苦笑いを浮かべて答えた。

本当は会う約束ではなくて電話する約束。けれど、宮野さんとふたりきりになるのがちょっと怖くて、微妙なニュアンスで発言してしまった。

「約束は何時？　それまでっていうのは？」

「え、いや……」

さらにグイグイと来られ、いっそう警戒心が強くなる。

宮野さんはきっと……いや、絶対に、誠也さんとの件を話したいんだと思う。だって、今までこんなふうに強引に誘われたりなんかないし。『やめておけ』って忠告をしたのを、私が曖昧に濁《にご》してはっきりせずにいるから。

この場をどう切り抜けようかと困っていたところに、メッセージが届いた。スマートフォンを見ると亜理沙から。

私はさも時間がないといった雰囲気で頭を下げる。

「すみません！　今ちょうど連絡きちゃったので、急がないと。お先に失礼します」

外に出てすぐ、亜理沙に電話を掛けた。

「亜理沙！　メッセージありがとう！　助かった！」

電話が繋がってすぐお礼を言うと、亜理沙から不思議そうな返答がくる。

『え？　助かったってなに？』

「いや、実は会社の先輩に今回の話を知られちゃって……あっ。もちろん、大迫不動産の名前は出してないよ！　でもごめんね」

『ううん、それはいいけど……職場の先輩に根掘《ねほ》り葉掘《はほ》り聞かれて困ってたってこと？』

「んー……似たような感じかな。でも亜理沙のメッセージをきっかけに職場出て来られたから」

私は話しながら、逆方向に足を向けていた。いつもの駅だとまた宮野さんと顔を合わせる可能性もあるし、亜理沙と電話を続けていたいのもあって、ひと駅歩くことにしたのだ。隣駅までは徒歩で十五分くらい。ちょうどいい運動にもなる。

『史奈ちゃん、彼からはなにか連絡きた？』

亜理沙の質問に、思わず俯いて苦笑した。

亜理沙には昨日の夜のうちに、偶然誠也さんに会った件をメッセージで伝えていた。彼に対し、不本意な形で謝罪したわけだけど、亜理沙はまるで自分のことのように嘆《なげ》いていた。《もっときちんとした流れで伝えていたら、そこまで気まずい結果にはならなかったかもしれないのに》と。

「んーん。まあ、微妙な別れ方しただけに、連絡がきても狼狽えちゃうし。亜理沙のほうは？　お父さん、大丈夫？」

『うん。体裁《ていさい》のために一度顔を合わせただけで、その気は初めからないって伝えたわ』

「そっか。よかった」

亜理沙のほうは落ち着いたと知り、安堵したのは本当。だけど、どうしても気分は晴れず、無意識にため息を零していた。

『史奈ちゃん……』

「あ！　ごめんごめん！　違うの。今日、仕事でちょっと失敗しちゃってさ！」

ごまかし半分で口走っただけなのに、仕事の一件を思い出せば、さらに落ち込んでしまった。

下ばかり見ていたら何度でも重い息を落としそうで、ぐっと顔を上げる。突如、小さな子どもの弾んだ声が耳に届いた。

「ねえー！　もうすぐ、あのおうちになるの？」

何気なく子どもを見やる。五歳くらいの男の子が前方の空を見ていたので、誘われるように私も同じ方向に目を向けた。

隣駅の手前に建築中の高層ビルが見える。養生《ようじょう》シートが一部残っている感じから、もうすぐ作業が終わるのだろうとわかる。遠目から見てマンションかなと思った。

「そうだよ。中はとっても素敵なお部屋なのよ。楽しみだね」

「近くに大きなお店もできるし、引っ越したらみんなで買い物に行こう」

子どもの両親が笑顔でそう返していた。

あ……思い出した。確か、この辺りって都市開発って……久織建設だったはず。

『史奈ちゃん？　どうかした？　大丈夫？』

「えっ。あ、ごめん！　大丈夫！」

私は親子三人からパッと視線を戻し、亜理沙との電話に意識を戻す。

『ねえ、史奈ちゃん。私、昔から史奈ちゃんにはたくさん助けてもらってて……いつかちゃんとお返しできたらなあって思っているの』

「えー？　お返ししてほしくてなにかしてるわけじゃないし。大体、私は言うほど亜理沙を助けられてないよ」

『ううん。何度も救われてる。ひとつだけ、教えてくれる？』

「んー？」

『今の嘘偽りのない正直な気持ちを聞かせて。……彼への気持ち』

このタイミングでそれを聞かれたら、上手く取り繕って返せない。

だって、私は今しがた新生活を楽しみに笑い合う家族《人々》を見てからずっと、彼が頭から離れない。

彼もかかわったであろう都市開発。以前〝幸せの連鎖〟を語っていた彼の理想が、具現化されているのを目の当たりにしたら、彼を想わずにはいられない。

「はあ……。参ったなあ……。こんなの初めてだよ」

私は盛大なため息を吐いて、ぽつりと零した。電話口で戸惑う亜理沙に向かって、さらに言葉を続けた。

「本当、初めて。出会って間もないっていうのに、ここまで心を奪われるなんて」

理由を聞かれても、端的な説明は不可能だと思う。彼になにか言われたからだとか、なにかされたからとか、そういう話じゃなくて……そう。直感に近いかもしれない。

彼とは出会った日に、なにかを感じた。心を惹かれる、大きななにか――。

『そう。そうなの。ありがとう、教えてくれて』

「別にお礼言われるものじゃないでしょ。こっちこそありがとうだよ。口に出したらすっきりした」

こんがらがった状況や気持ちを整理して、残るものはなにかってとっくに気づいてた。気づかないふりをして、無理に忘れようとしていただけで。

『あっ。史奈ちゃん、明日も仕事でしょ？　もしかしてまだ外なの？』

「ああ、うん。もう駅に着くよ」

『長話してごめんね。とりあえず今日は早く帰ってゆっくり休んで。昨日も眠れてないんでしょう？』

「まあね……」

目を閉じれば、誠也さんと鉢合《はちあ》わせした場面が浮かんできて眠れなかった。

『やっぱり！　とにかく今夜は早く寝ることだけに専念してね。帰り道、くれぐれも気をつけてね』

「うん。わかったよ。じゃ」

最後は穏やかな気持ちで電話を切って、足を止めた。遠くのまだ灯《あか》りのつかないマンションを眺め、心を決める。

……明日。明日、やり直している仕事をちゃんと自分の納得いくように終わらせることができたら連絡してみよう。そうしたら、自分の中にあるいろいろな気持ちをうまく伝えられる気がする。

私はちょっとした願掛けにも似た決意を胸に、建設風景を瞳に映していた。

抗うのを止《や》め、自分の気持ちに正直になったおかげか、その夜はぐっすりと眠れた。

翌朝、私はすっきりした頭で出社し、デスクに着いて早速《さっそく》昨日の続きの仕事に取り掛かった。ところがそれは完成できないまま昼になり、二カ所の現場へ向かわなければならなかったため、私は製図を中断して外に出た。

そして、二軒目の確認をしていたところに宮野さんが現れた。

「間に合いそうだったから立ち寄ってみたんだ」

「お忙しいのにいつもすみません」

宮野さんも宮野さんで、今日も朝から立ち合いや外での打ち合わせで、ずっと出ずっぱりだったはず。仕事の合間を縫って様子を見に来てくれるのは、本当にありがたいし心強くもある。ただ、昨日の一件があるから少し気まずい。

「どう？」

「あ、実際に見たらやっぱり結構広めの空間なので、お客様もアクセントクロスの柄に迷ってらっしゃったんですが。大胆な模様も候補に入れてみてもいいかなと仰《おっしゃ》っていただけたので」

「なるほど。いいね」

普通に仕事の話をしていても、私の頭の隅には昨日のことが引っ掛かっている。さすがに、宮野さんの目をまっすぐに見られない。

現場を後にして、宮野さんと一緒に職場に戻る。

道中は当《あ》たり障《さわ》りのない会話ばかり繰り返していた。構えていた私は拍子抜けしたものの、完全に気を緩めるわけにはいかず、終始気を張りっぱなし。

それでも定時を過ぎ、さらに一時間経っても特になにも変わりはなかった。

私はついにリテイクの図面を書き上げた。

よし！　今の自分の力を出し切った！　この流れで誠也さんに連絡を……。

達成感を抱くと同時に気持ちが勢いづく。

帰り支度をほぼ終わらせて、スマートフォンを拾い上げた瞬間、宮野さんに話し掛けられた。

「お疲れ。あのさ。駅に向かうすぐ近くの通りに先月ダイニングバーできたの、如月なら知ってるよな？」

「えっ。は、はい。昼はカフェをやってるところですよね」

「行ったことある？」

「いえ……」

なんとなく、この流れは昨日と同じでは……。ひとつの予感が過る。

「ちょっと寄ってみないか？　料理の口コミもいいし、なにより内装がオシャレらしいし。仕事の参考になりそうじゃない？　俺ももう今日の仕事終わったから」

「あの、宮野さん。私……」

予感は的中し、グイグイと来る宮野さんに正面切って断ろうとしたときだった。私たちしかいなかった事務所に、ほかの社員が戻ってきて話は中断された。

帰る準備を終わらせていた手前、事務所に留まるのは不自然だ。ここはひとまず、宮野さんと一緒に職場を出るしかない。

大丈夫。もう気持ちは固まっている。昨夜、迷いから抜け出したから。

外に出て駅の方向へ足を向ける宮野さんを追い、彼の背中に意を決して言葉を投げ掛ける。

「あのっ。私、行かなきゃならないところがあって」

自分の肩に掛けたバッグの紐《ひも》をぎゅっと握る。ぴたりと止まった宮野さんが、おもむろに振り返った。

「どこへ？」

たったひとことの質問に心臓が一度大きく脈打ったのは、宮野さんの雰囲気がピリついているせい。一瞬怯んだが、すぐに態勢を整えて真っ向から返す。

「彼の……久織誠也さんのところです」

昨夜、亜理沙と電話したときと同じ感覚だった。

口にしたら、不思議と心が落ち着く。変な心の揺らぎはもう存在しない。

「なんで？　言ったよな？　出会い方がまともじゃないって。釣り合いが取れなくて大変になるのは如月のほうだって」

「そうかもしれません。でも、私はまだちゃんと伝えてないんです。半端にしたままで、前にも後ろにも進めない」

私の即答に、宮野さんは目を見開いて驚きを隠せない様子だった。

「そんなん……時間が……時間が経てば、薄れるだろう？　二、三日じゃ忘れられないの当たり前だって。もう少ししたらきっと」

「私、出会った日から今日まで、薄れていないって気づいたんです。いっそう濃くなってる気がする。きっと明日も明後日《あさって》も、想いは続いてく」

よく〝会えない期間が想いを募らせる〟みたいな話を聞くけれど、まさにそれかもしれない。自分が避けていたくせに、彼の存在が膨らんで、彼を想って……。面倒な障害があっても、上手くいく可能性が低いとわかっていても、どうしてか惹かれ続けてしまう。だからいっそ、納得いくまで追いかけようと思ったんだ。

私は宮野さんに深く頭を下げた。

「宮野さんには、仕事外でこんな心配をかけて申し訳ありません。どうかもう、この件はお気になさらず」

「俺は後輩だからここまで心配してるわけじゃない！」

宮野さんが急に語気を強めたのに驚いて顔を上げた。その拍子に、数十メートル先の男女の人影に目が留まる。

亜理沙……と誠也さん……？

瞬間、宮野さんの存在も忘れ、ふたりに意識を奪われた。

見間違いかと思った。亜理沙が男性とふたりきりで出かけるなんて、今まで聞いたことも見たこともなかったから。だけど、あれは亜理沙だ。そして、一般人離れしたスタイルの男性は誠也さんに違いない。どうしてふたりが……？

「如月？　どうした？」

茫然と立ち尽くす私を些《いささ》か不思議に思ったらしい宮野さんは、私の視線を辿って後ろを向いた。そして、すぐにピンときた様子で言った。

「あれって、久織さん？　もしかして隣にいるのが例の友達？　本来の見合い相手の」

そこでようやくハッと我に返ったものの、時すでに遅し。宮野さんは私を置いて、ずんずんとふたりの元へ進んでいってしまった。私は慌てて追いかける。

「宮野さんっ」

宮野さんは私の呼び声に足を止めもせず歩いていく。直後、前方のふたりも私たちの存在にようやく気がついた。

動揺してすぐに第一声を発せずにいる私の代わりに、宮野さんが一番に口を開く。

「どうもこんばんは、久織さん。よかったですね。本来のお相手とうまくいっているようで。とてもお似合いですよ」

宮野さんの言葉に絶句した。当然、誠也さんも驚いた顔をしているし、亜理沙も唖然としている。

亜理沙がどうして誠也さんと一緒にいるかはわからないけれど、亜理沙なりになにか考えがあっての行動のはず。ふたりの関係を疑うつもりはない。それよりまずは、宮野さんをどうにか納得させないと。とはいえ咄嗟に言葉が出て来ない。

右往左往《うおうさおう》していたら、誠也さんが一度息を吐き、精悍《せいかん》な目つきで宮野さんに返す。

「残念ですが、ご期待に添えるような答えはできません。こちらの女性には、相談に乗っていただいていただけなので」

そうして、誠也さんの視線は次に私に向けられた。

「如月史奈さんと僕の今後について」

打って変わって柔らかな瞳になった彼に、胸の奥が熱くなっていく。ちらりと亜理沙のほうを見れば、亜理沙もまたやさしい表情をしていた。宮野さんだけはやはり納得がいっていない様子で、険しい顔つきをしている。

「久織さん。あなたは、まだそんなことを言って……」

「僕がルール違反をされたまま泣き寝入りするとでも思いました？　そう簡単に相手の思うつぼにはまりませんよ。こちらも本気なので」

誠也さんがさらりと返した内容に、引っ掛かりを覚える。

「ルール違反？」

私が首を捻《ひね》るも、誠也さんはなにも言わない。宮野さんを窺えば、なんだかばつが悪そうに私から目を逸らし、数秒、しんと静まり返る。

「よ、よくわからないですが、宮野さんは親切心で私に……」

「やめてくれ」

宮野さんは私の言葉を言下《げんか》に遮り、捲し立てる。

「違う。俺は如月が思っているようないい先輩なんかじゃない。如月を心配してるってのは表面上の言い分で、本当は下心があった。如月をその男から引き離したかった」

「え……？」

「笑えるよな。如月には普段から『クライアントを第一に。自分の知識は押しつけるのではなく、提案するということを忘れるな』って指導しておいて……。俺はお前の気持ちを差し置いて、自分の感情を押しつけてたなんて」

宮野さんの口から次々と語られる本音に信じられない思いを抱く。

狼狽える私に、宮野さんは苦笑を浮かべてぼそっとつぶやいた。

「スマホを見たら……わかる」

「スマホ……？　私の、ですか？」

私はきょとんとして自分のスマートフォンをバッグから出した。

「着歴。自分でやったくせに、いつ気づかれるかって終始ビビってたよ」

「着信履歴？　……えっ」

着信履歴には、一昨日の日付で誠也さんの名前が残っている。

赤字じゃなくて黒字で表示されている……着信に出たってこと？　いつの間に？

一連の出来事が衝撃的で言葉を失う。

「正真正銘《しょうしんしょうめい》、俺のルール違反だ」

宮野さんは自嘲するように乾いた笑いを零して肩を落とす。

「どうしてこんな……」

信頼のおける先輩だったから、今回の行動が未だに信じがたい。

私が茫然とするや否や、宮野さんは去りかけた。が、それを誠也さんが止めた。

「逃げるな。まだ彼女に伝える言葉があるはずだろう。思わず卑怯《ひきょう》な手を使ってでも邪魔をしてしまうくらいの理由が」

誠也さんの言葉に、宮野さんは苦しそうに眉を寄せた。そして、誠也さんの手を振りほどき、くるっと私を振り返る。

「ごめん。後ろめたさに押しつぶされるくらいなら、自分からちゃんと話をして謝るべきだった。もう二度と卑怯な真似はしない。自分の気持ちを押しつけたりもしない。如月の信頼を裏切って……すまない」

『自分の気持ち』って……？

「如月がほかの男を見ているのが悔しかった。だけどもう……ちゃんとする。如月の気持ちを第一に考えるから。本当、悪かった」

宮野さんはそう言い残し、今度こそ去っていった。

宮野さんがいなくなっても、状況を整理しきれない。

「あ……。じゃ、じゃあ私もここで。史奈ちゃん、また連絡するね。誠也さん、失礼いたします」

「えっ。亜理沙！」

そこで亜理沙は気遣ってくれたのか、挨拶をしてそそくさと帰っていってしまった。

一気にいろいろと起きすぎて動転していると、落ち着いた低い声が耳に入る。

「俺が史奈さんに会いに行きたいって言ったから、彼女はあなたの職場の近くまで案内してくれて」

「そ、そうなんですか？　え……じゃあ、誠也さんが亜理沙に連絡を？」

「うん。今日、彼女の職場に連絡をしたんだ。あなたと連絡はつかないし、どうしても力を貸してほしくて」

誠也さんはそう言って、私の手の中のスマートフォンに目を向ける。ピンときた私は電話帳を開き、誠也さんの名前を探す。設定画面を見て驚いた。

「着信拒否設定!?　うそ！　私、こんなの知らな……」

「やっぱり拒否設定されてたよね。そうだと思ってた。何回掛けても繋がらなかったから」

宮野さんの仕業《しわざ》だとわかるも、驚きのほうが大きくて怒りは湧いてこなかった。ついさっき反省していたのを目の当たりにしたばかりだし……。でも先に謝ってもらわなかったら、さすがに人間不信になっちゃってたかも……。

「彼を擁護《ようご》する気はまったくないけど、今回は相手が俺だったからそこまでやってしまったのかもしれないね」

誠也さんの発言に首を傾げる。

「誠也さんだからってどういう……」

「彼は俺が〝久織〟だって知って警戒心が強まったふうだった。俺と史奈さんの立場の違いから、あなたが傷つくとか想像したんだろう」

確かに。宮野さんは事あるごとにそう言って説き伏せていたかも……。そして、その問題は解決したわけじゃない。生まれ育った環境はどう足掻《あが》いても変えられない。

しかし、彼は私の不安をかき消すほど穏やかに笑っていた。

「さっきまでいた本物の彼女。俺の事情を説明したうえで、あなたに会わせてほしいと頼んだら快く引き受けてくれたよ」

「えっ！　亜理沙が!?」

私はびっくりして目を剥き固まった。

だって、亜理沙が男の人から急な誘いを受けて簡単にOKするとは思えない。

「彼女も俺に『ちょうど話を聞いてほしいことがあった』って言ってた。なかなか自分から俺に連絡する勇気が出なかったらしくて。彼女にとって俺からの連絡は渡りに船だったみたいでよかったよ」

「亜理沙は……本当に昔から男の人がダメで。大人になってから、少しは話せるようになったみたいですが……根本的な部分は変わってないはずだから」

それなのに、ひとりで判断してふたりきりで会う約束までしたって……。相当《そうとう》頑張ったはずだ。

「うん。彼女は俺と目を何度か合わせるのがやっとなのに、震える声ですべて説明してくれた。自分が男性に苦手意識があり、怖そうな印象の兄が相手だったがために、史奈さんを巻き込んだことも。それを知らない俺が彼女の父、大迫氏に挨拶に行ったせいで、俺との結婚を前向きに考えるよう打診されているって話もね」

子どもの頃の亜理沙は、よく私の陰に隠れていた。私はそんな亜理沙を、自然と守ってあげなきゃって思うようになって……。だけど、亜理沙は頑張って、誠也さんにそこまで詳細に説明していたんだ。

誠也さんはやさしい顔つきで続ける。

「そして、望まない形で俺に素性を知られてしまったあなたが、自信を持てずに本心を押し込めているって話してくれた。だから、あなたへの想いが本物なら俺のほうから歩み寄ってもらえないかって言われたんだよ」

「信じられない……あの亜理沙が」

どうやら、いつまでも私の一歩後ろにいた昔の亜理沙じゃないみたいだ。

「本物の亜理沙さんは、大迫氏に身代わりの件こそ話せなかったけど『自分で相手を見つけたいから今回の件は断る』ってはっきりと言えたらしい」

「そうなんですね」

同い年ではあっても、どこか妹のような存在だった亜理沙。

他人の口から彼女の成長を聞き、感慨深い気持ちがこみ上げる。

「初めからそう強く自分で言えていたら、あなたを巻き込まずに済んだのに……と後悔を滲ませてた」

「そんな！」

「だけど、俺はすぐに『そうしていたら困る』と言ったんだ」

誠也さんが私の言葉を遮って強めに言い、私を見据えた。ドキッとした矢先、おもむろに私の頬に触れてくる。

「彼女があなたに代役を頼まなければ、俺たちは出逢ってなかったから」

瞬間、形容しがたい感情が胸にあふれた。

信じられない。うれしい。この先の未来が期待でいっぱいになる――。

なにも口にできず、ただ感極まって瞳に涙を浮かべた。彼は「ふっ」と苦笑して、私のバッグに目を落とす。

「今思えば初めて会ったとき、随分と重そうなカバンを持っているなあって思った。まるでしょっちゅう外回りをする営業社員みたいに――日曜日も、今日もね」

「あ……」

「総務じゃなく、インテリアコーディネーターなら納得がいくよ」

指摘されて初めて詰めの甘さに気づく。それももう今さらな話だけれど。

バッグから誠也さんへ視線を戻すと、彼の熱のこもった眼差しに引き込まれる。

「俺はあなたを想うとき、少しも立場や社の損得なんか頭になかった。あなたが誰であっても、この気持ちは変わらない。一度目はお互い代わりに行った食事で……二度目は月曜に現場近くで偶然会った。そして、一昨日が三回目」

誠也さんの言葉ひとつひとつに鼓動が速くなっていく。

「史奈さん。偶然も三度重なればもう必然だって、俺は思うんだ」

極上の笑みを向けられ、熱い想いがあふれ出る。

出会ったときから笑顔が素敵だと思っていた。話していてやさしいなと感じたし、仕事に対する考え方には心を打たれた。まだほんの一部しか知らないってわかっていても、私のすべてが彼に惹かれてる。

「まあ白状すれば、一昨日はもしかしたらまた会えるかもって同じ道を辿ったんだけどね。そして俺はあなたを見つけられた」

「本当に……？　私でいいんですか？」

掠《かす》れ声で尋ねると、彼は一度確かに頷いた。

「俺はあなたがいいんだ――如月史奈さん」

そうして、右手を差し出される。私は躊躇《ちゅうちょ》しながら、そっと手を重ねた。刹那、グイッと力強く引き寄せられる。瞬く間に、私の身体は彼のたくましい胸に抱き留められていた。

「せ、誠也さ……」

戸惑い交じりに声を掛けたものの、私をきつく抱きしめる彼の腕に負けてしまう。次第にほんのりと甘いムスクの香りに酔わされ、恍惚とする。

しなやかな彼の腕が徐々に緩むのを感じ、そっと誠也さんを仰ぎ見た。目が合った彼は満たされた表情を浮かべ、口の端を上げる。

「ようやく本当のあなたを捕まえた」

ついに私は素直に自分の気持ちを受け入れ、彼に自ら手を伸ばした。

思えば、彼と会った日、すでに私は陥落していた。どれだけネガティブな理由を並べてあきらめようとしたって、あのとき芽生えた感情は消えずに残ってる。

「やっぱり私、好きなものに対しては、とことんハマる性分《しょうぶん》みたいです」

誠也さんの胸の中で苦笑《くしょう》交じりにそう漏らす。

どうやら私は、仕事に対しても好きな人に対しても、自分の気持ちに嘘を吐くっていうのはできないらしい。

7. あざといって思われるかな?

あれから数日経った。

職場では宮野さんとほんの少しぎくしゃくしてはいるものの、お互い仕事には影響がないように気遣っている。まだ日が浅いから気まずい気持ちが大きいが、たぶん時間が解決してくれるはずだ。

そして、迎えた日曜日。誠也さんとの約束の日。

たまたま打ち合わせも入っておらず、有給消化のために休暇をもらっていた。まるで神様が取り計らったようなタイミングの休日。

だって、彼と想いが通じ合った直後の日曜日だなんて。

「き、緊張する……」

昨夜もまた緊張のあまり寝つけなくて、結局遅くまで仕事をしていた。家を出る時間まであと三十分はあるのに、すでに支度も終わっている。

私は持て余した時間を埋めるべく、亜理沙にメッセージを送る。なにかしていないと、そわそわして落ち着かないのだ。

《こんなに落ち着かないのは、初めてひとりで仕事を任されたとき以来かも……ジッと座っていられないでいるよ》

そう文字を入力して送信した私は、言葉通りリビングの真ん中に突っ立っていた。

実は、亜理沙が土日休みなのをいいことに、昨夜からメッセージのやりとりに付き合ってもらっている。

亜理沙から数秒後に返信がきた。

《ようやくお互い本来の自分になったあとの初デートなんだから、落ち着かないのは当たり前だよ。いつもの史奈ちゃんで楽しんできて》

楽しむ余裕……あるのかな。会う前からこんなにドキドキしてたらそれどころじゃない予感しかない。とはいえ、いつまでも亜理沙に同じ話をしていても迷惑だ。

私は〝ありがとう〟のイラストをひとつ送って、ソファにぽすんと腰を下ろした。

そして、昨夜の誠也さんからのメッセージを読み直す。

《明日、少し帰宅が遅くなっても大丈夫？》

遅くって……。どうしよう。私ひとりで変な想像してる。だって……だって！　そんなふうに聞かれたら、いろんな展開を考えちゃうじゃない！

クッションをぎゅっと抱き、ひとしきり心の中で本音をぶちまける。大きく息を吸って気持ちを落ち着けた。

とにかく、なにも考えずに楽しめばいいんだ。

窓に視線を移すと、外はあいにくの雨。六月にもなれば、天気が崩れるのは仕方ないし、予想はしていた。

約束の時間より早いけど家で黙って待っていられなくて、私は玄関へ足を向けた。長傘ではなく、今日はあえて誠也さんと出会った日に使った折り畳み傘を手に取って、軽い足取りで外へ出た。

待ち合わせは十時に品川《しながわ》駅。早く家を出てきたので、当然約束の時間よりも早く到着した。

駅から数メートル離れた場所で傘を差して待つこと十五分。約束の時間よりも約二十分前の九時四十分に、一台の車が目の前を通過し、止まった。その黒い車がすぐに誠也さんのものだとわかって、私は駆け寄る。

誠也さんは身体を乗り出してナビシートのドアを少し開けた。

「誠也さん！　ずいぶん早いですね」

「やっぱり早く来てみてよかった。雨が強くなってきたし、とりあえず乗って」

私は急かされるまま、傘を畳んでシートに座る。ほんの数秒なのに、髪や服が濡れてしまった。急いでバッグから小さなハンドタオルを出し、服を軽く拭く。

「こ、こんにちは。えーと……やっ、約束の時間はまだなのに、ずいぶん早くてびっくりしました」

誠也さんがやってくるのが予想外の早さだったため、心の準備ができていない。

私は明るく振る舞って、緊張している自分をどうにか押し隠しながらシートベルトを締める。すると、誠也さんが自分のハンカチを出して、前髪から頬に滴り落ちた雨粒をそっと拭《ぬぐ》ってくれた。

「それはこっちのセリフだよ。史奈さんはそういう俺よりも早く来ていたんだから」

「あ……。なんか家にいても落ち着かなくて。誠也さんを待たせることにならなくてよかったです」

ほっとした私は、ハンカチで拭いてくれた誠也さんにお礼を伝える。彼はハンカチを手にして、真剣な目を私に向けてきた。

「本当、あなたは毎回俺の予想の上を行く。今日だって、本来なら俺が待つ気で出てきたのに」

「えっ。なんで……」

「前回もその前も、約束の場所へはいつもあなたが先に着いていたしね」

誠也さんはそう言ってボタン式シフトを操作し、ハンドルを右に切った。

「ご、ごめんなさい。今度はあまり早くならないようにしますね」

深く考えずに行動してた。

視点を変えれば、相手が早く来て待っていると思ったら焦らされる人もいるよね。

特に誠也さんはすごく気遣いするタイプに思えるし。

肩を窄めて反省していたら、誠也さんが答える。

「そうだね。俺に早く会いたいって思ってくれてるならうれしいんだけど、この前みたいにナンパされたら困るから」

さらりと照れる内容を口にされて、一瞬固まった。

「いえ、あれはたまたまで。普段は声を掛けられたりはないし」

顔が赤くなりそうなのを、心の中で必死に『冷静になれ』と繰り返し言い聞かせる。

けれど次の瞬間、そんなものも無意味になった。

赤信号と同時に彼が大きな手を私の右手に重ね、やさしく握る。そして、眼鏡の奥の瞳を柔らかく細めた。

「もっと警戒して。史奈さんは可愛いから、同じことはまたありうる。今度から家まで迎えに行くように心掛けるよ」

さらに恋人としての特別感を抱かせる言葉に胸を射抜かれる。彼の甘い言動は恋愛偏差値が低い私には刺激が強い。触れられた手も、掛けられた言葉にも、どう返すのが正解かわかるはずがない。

重ねられた手に緊張のあまり汗を握り、視線も安定せずにあちこちと泳がせる。

私は頭で考えるよりも先に、あからさまに当たり障りのない話題を口にしていた。

「ここ数日ずっと雨ばっかり！　こういう天気だと、休みの日も行き先って限られますよね」

「うん。自《おの》ずと室内になるよね。だから今日は思い切って遠出しようと思って」

「遠出？」

誠也さんはにっこりと笑って、青信号を確認すると正面を向いた。私もつられてフロントガラスのほうへ顔を戻す。規則的に動くワイパー越しに緑色の道路案内標識が目に留まった。

「あの、遠出って言うと、どのあたりまで……？」

私がぽつりと尋ねたときには、車は高速道路へと進路を変えていた。次第に速度を上げていくのを身体で感じる。一定のスピードを保ち始めた頃に彼が答えた。

「梅雨のないところまで」

「えっ」

梅雨のないって……まさか。

「いい気分転換になると思うんだ。行ったことある？　北海道《ほっかいどう》」

「ほっ……北海道!?」

昨日のメッセージで《遅くなっても大丈夫？》と聞かれていたから、遠くへ行くのかなってなんとなく予測していた。そうは言っても、そこまで遠くへ行くプランだとは考えもしなかった。

「じゃあ、今向かってる先は」

「羽田《はねだ》空港。二時間もあれば北海道に着くし、向こうの天気は晴れらしいし、いいかなって」

初デートで飛行機に乗るなんて普通はあまりない。

あれだよね。二時間くらいって考えれば、公共交通機関で伊豆《いず》とか名古屋《なごや》あたりまで行くのと同じだよね。近いわけではないけど、十分日帰りはできそうに思えてきた。

どうにか置かれてる状況に順応しようと考えていたら、誠也さんに心配そうに尋ねられる。

「嫌だった？　ごめん。ひとりで勝手に決めて……。驚かせたくて」

私が急に黙ったのを、勘違いさせてしまったらしい。

さっきまでは頼もしくてドキッとさせられたのに、今度はしゅんとしていて可愛い。

ついいたずら心が芽生えて、私はわざと口を尖らせた。

「それはもう……びっくりしますよ」

「やっぱり日帰りはきつい？　それなら別の場所へ……」

「ふふ。平気ですよ！　北海道かあ。学生のときに修学旅行で行って以来だな。雨からも逃げられるなら最高ですね」

笑ったらなんだかリラックスできたかも。あまり肩肘《かたひじ》張り過ぎたら、疲れて純粋に楽しめないよね。そんなのもったいない。

「前は、北海道の食べ物がおいしすぎて、グルメツアーになりました。景色もいいし最高ですよね。大好きです！」

旅行はときどきしたけれど、北海道は高校生以来。

俄然《がぜん》楽しみになってきたときに、誠也さんが目尻を下げて言った。

「よかった。連れて行きたいところがあるんだ。たぶん修学旅行では行ってないと思うから楽しみにしてて」

「はい！」

そうして車を走らせること約三十分。私たちは羽田空港に到着し、搭乗手続きを済ませる。

私は久しぶりの飛行機に、年甲斐《としがい》もなくわくわくと胸を躍《おど》らせていた。

高校二年生のとき、修学旅行で北海道を訪れた際は、新千歳《しんちとせ》空港を利用した。そこからバスに乗って、札幌《さっぽろ》市内へ向かった記憶が残ってる。しかし、今回は旭川《あさひかわ》空港だ。

北の大地に降り立ってすぐ、さわやかな風を感じ自然と顔が綻ぶ。

「わあ。やっぱり向こうと比べて空気がさらっとしてる。気持ちいい」

「うん。気持ちがいいよね。毎年のこととはいえ、じめっとした時期は知らぬうちにストレスを受けてる気がして。時間があるときに限られるけど、ひとりでふらっとリフレッシュしに来たりするんだ」

気持ちよさそうな顔で話す誠也さんの横顔を見て答える。

「貴重な気分転換の時間だったんじゃないんですか？　なんだかすみません」

「今回はひとりじゃなくて、史奈さんと来たいと思ったんだ」

「そうなんですか？　ご一緒させていただきありがとうございます」

私は彼の柔和な瞳が好きだ。その瞳に映し出されると、心臓が跳ね回る。

見ていたくてもずっとは見ていられなくて、結局視線を逸らしてしまった。

「史奈さん？　移動しても大丈夫？」

「はっ、はい！」

私たちはレンタカーで移動を始めた。

走り出して十数分。思わず感嘆《かんたん》の息が漏れるような景色のいい一本道に出会った。

起伏が多い道路はちょっとしたジェットコースターで、車内は大いに盛り上がる。

「史奈さんは絶叫《ぜっきょう》系得意なんだ」

「あ、いえ。実は苦手で。でも今は誠也さんが速度落としてくれてましたよね？　それに絶景だから、そっちに意識が向いているおかげかも……」

遊園地の乗り物はあまり得意じゃない。特に高いところから落下するものは内臓が浮いてぞわぞわする感覚がダメ。今走っている道も、結構なアップダウンだしスピードを出していれば同等な動きになっただろう。けれど、誠也さんは無茶な運転をしないから。それは前に傘を返してもらったときや、今日羽田空港まで車で移動した際にも感じていた。

私は僅かな恐怖感をも抱かずに、車窓を眺めて続けた。

「緑と青空って癒しですよね」

「確かに。うちのオフィスでリフレッシュルームに観葉植物を多めに配置しているのも、そういう理由かな」

「きっとそうですね！　視覚効果ってすごいと思います。最近も北側の部屋のコーディネートに暖色系を意識して考えてみたら、クライアントの感触もよくて」

勢い込んで話をしていたが、はっとして口を噤んだ。そして、首を窄めて横目で誠也さんを窺う。

「す、すみません。リフレッシュって言ってるのに仕事の話なんて野暮《やぼ》でした……」

本当、自分のこういうところ！　好きな話題となれば、周りを顧みずにペラペラ捲し立てちゃって。よく友達とも温度差感じることもあって気をつけているのに、なかなか直せない。

慌てて別の話題を考えていたら、誠也さんが朗らかに笑って言った。

「なんで？　気にしなくていいよ。俺はそういう史奈さんが好きなんだ」

あまりに自然に『好き』と言われてびっくりした。

いや、これはあれだ。甘い雰囲気を連想させる『好き』ではなくて、『人間的に』とか『話の内容が』とか、そっちのほうに対する好意を示しただけ。

いくら以前『婚約してほしい』と告白され、そしてそれが本物の亜理沙じゃなくてもいいって言ってたとしても、発言すべてを四六時中恋愛に絡めて受け取ってたら引かれるよ。

「きょ……恐縮《きょうしゅく》です……」

ぐるぐる考えを巡らせてしどろもどろになった私は、気づけばぎこちない返しをしていた。すると、誠也さんが可笑《おか》しそうに笑い声を上げた。

「あはは。堅苦しい反応だなあ。もっと対等にしてほしいんだけどな」

「対等はちょっと……急には」

誠也さんは、初めて私を抱きしめてくれたあの夜以来、最初の顔合わせのときとは違う親しみやすい態度に変わっていた。

基本的な振る舞いは変わらず紳士。だけど、ちょっと砕けた口調と素の表情を見せる。元々作りすぎていない印象ではある。しかし、素性を明かし気持ちを確かめ合った後は、いっそう飾らない雰囲気に私はますます好感を持った。彼の些細な表情や動きに夢中にさせられる。

ただ、私が彼と同じように接するって、そう簡単には変えられなくて。年齢差もあるし、誠也さんに至っては名前こそ〝久織亮〟ではなかったものの、大手ゼネコン社の御曹司である事実は違わないわけで……。やっぱりそういう部分が引っ掛かってるのが正直なところだ。

困って苦笑していると、ふいに膝の上に置いていた片方の手を掬《すく》い取《と》られた。触れられた瞬間、胸が早鐘を打ち始め、まるで指先さえ脈打つような錯覚に陥った。

私の動揺など知らない彼は、今度は指を絡ませる。いわゆる恋人繋ぎ。

全神経が右手に集中し始めたとき、彼が艶のある低音でつぶやいた。

「俺は距離を縮めたくて仕方ないのに」

彼の親指がするっと私の指を撫でた。私は一気に体温が上昇するのを感じ、硬直する。きっと今、真っ赤な顔になってるに違いない。

「ああ、今ほど信号があればいいのにって思ったことない」

「え？　し、信号？」

話の脈絡《みゃくりゃく》がつかめず、おどおどと尋ねた。

この辺りは信号もほぼなく、長閑《のどか》な景観の道が続いている。都会では信号ばかりで神経も使うだろうから、ここは開放的なドライブができてリラックスできそうなものなのに。敢えて信号……って？

彼は口角を上げて答える。

「運転中だと史奈さんの可愛い反応が見られないから」

彼のとどめのひとことで、私の熱がさらに急上昇したのは言うまでもない。数分前まで、自然の景色にゆったりとした気分でいられたのが嘘みたい。

私の心臓は、ジェットコースターに乗ったとき以上にドキドキしていた。


一時間も経たずに、車は目的地の有名なガーデンに到着した。

「富良野《ふらの》ってラベンダーが有名でしたよね！」

私は、うきうきとした気分で車から降りる。

「そうなんだけど……ちょっと今は時期が早くて。でも、ほかの花も綺麗だよ。前来たときに、今頃は確か芝桜《しばざくら》が咲いてるって聞いたから」

「へえ。結構頻繁《ひんぱん》に来てるんですね？」

「あっ。聞いた相手はここの経営者の男の人で。その日も俺はひとりで来てて……」

急に狼狽える誠也さんの姿にきょとんとし、思わず吹き出してしまった。

「もしかして、私が別の女性の存在を疑ったりしてると思ってます？」

別にそんな気があって返した言葉ではなかったのに。誠也さんでも慌てるんだと思うと、意外になった。

「あー……逆に不自然だったよね。ごめん。ただ、史奈さんに思い違いをしてほしくない一心で」

誠也さんは眼鏡のブリッジを押し上げながら必死に弁明をする。

私が不安になったり傷ついたのではないか、と慌てふためく彼に心が温かくなった。

「私は誠也さんのこと、誠実な方と思っていますから。そういう心配はしてません」

なんて。正直言って、今日まで目まぐるしかったのもあって、誠也さんに昔恋人がいたとか想像もしなかった。

駐車場に着いたのにもかかわらず、動かない誠也さんをふと見る。彼は浮かない表情でいたから、不思議に思って声を掛けた。

「誠也さん？　どうかしましたか？」

すると、誠也さんはちらりとこちらを見てぽつりと零す。

「不安にさせたくない反面、嫉妬してほしいって少し思ってる自分がいる」

「え……」

「まあ、嫉妬してもらえるくらい好きになってもらうのは、今後の俺の頑張り次第かな？」

彼はニッと笑って車を降りた。私も続いて降りると誠也さんが私の前に立ち、私の手を取って繋ぐ。私はどぎまぎしながらも、ひそかに彼の手を握り返した。

駐車場を出て歩くとすぐに、広大な土地を埋め尽くす花々が見えてくる。

「うわあ！　さっき駐車場に入る前にも思いましたけど、ものすごく広いですね！」

「国内最大級だって。圧巻だよね」

誠也さんの話していた通り、時期ではないため満開ではない花畑も多くある。しかし、数十メートル先に赤や黄、白色が集まっている畑を見つけ、私たちはそこに向かって歩みを進めた。

途中、土産物を扱っている舎の奥に、視界いっぱいに広がるピンク色に気がついた。

私は思わず足をそちらに向ける。

「一面に花……。絨毯《じゅうたん》みたい。すごい綺麗……」

テレビや雑誌で何気なく見ていたかもしれない景色。それでも、実際に目の当たりにするとこんなにも目を奪われる。

「芝桜だね」

「繊細《せんさい》なデザインのインテリアや、質にこだわった寝具やラグ……カーテンとか、いろいろ見ては『綺麗』って思いますが……自然には敵いませんね」

初夏の陽射《ひざ》しの中、春の名残《なごり》を感じられる色合いに心が洗われる。

私が時間も忘れて見惚れていたら、誠也さんが言った。

「実は今日のプランをずっと考えていて、史奈さんが好きそうな建築物や美術館なんかもどうかなって考えた。だけど、自然に触れるのもいいんじゃないかって思って」

私はようやく目線を変え、誠也さんを見上げた。

「いろいろと考えてくださってたんですね。うれしいです。ありがとうございます」

「史奈さんの喜ぶ顔が見たかったんだ」

屈託ない笑顔で言われ、なんだかこそばゆい。

私はついまた足元に広がる芝桜に視線を戻した。

「こういう明るい雰囲気の庭があったら、毎日元気になれそうですね！　インテリアもいいけど、ガーデニングも個性や彩りを演出できる部分ですよね」

「はは。史奈さんはなんでも仕事に繋げて考えるね」

今のは、半分は照れる気持ちを隠すのに出した話題だったけど、確かにこういうときでさえ私は仕事の話をしちゃってるかもしれない。

女子力のなさに少々落ち込む。が、次の瞬間、しょげた気持ちも一気に吹き飛んだ。

「さっきも伝えたよ。謝る必要はないし、俺は本当にあなたのそういうところがいいと思ってる」

まっすぐ見つめて言われると、心臓がお祭り状態になって息すら忘れそう。

「自然が一番いい。人も街も。都市開発や道路、工場、医療施設……どれも暮らしを豊かにするもの。しかし同時に失われていくものがあるだろう？」

「……緑？」

私がつぶやくと、彼は静かに微笑んだ。

「久織グループに入社してすぐ考えてた。自然の恩恵《おんけい》を受けて終わりでなく、返すべきだと」

食い入るように彼を見つめていたら、ぱちっと視線がぶつかった。

「ごめん。俺もつい熱く語ってしまった」

「わっ、私も。誠也さんの仕事のお話を聞くの好きですから！」

「そうなの？」

「はい。どんな大きな仕事でもきちんと、ひとりひとりを思って向き合ってるんだなあ、とか。そういえば、この間も建設現場近くで親子が……」

私は彼に先日見た光景を伝えた。

「そんなことがあったんだ。じゃあ俺は、これからも楽しみにしてくれている思いひとつひとつを、いつも忘れず大事にしていかないとね」

彼と再び目が合えば、たちまち頬が上気する。

だって、あまりにも柔和な面持ちでこっちをジッと見ているんだもの。

「そろそろ向こうにも行ってみる？　あっちはポピーだったはずだ」

戸惑う私をよそに彼はやさしく私の手を引き、その後も富良野の自然を満喫した。

夜九時過ぎに羽田空港に着いた後、誠也さんは私を『自宅まで送る』と申し出た。

私が『大変だから』と遠慮したところ、彼に『もう少し一緒にいたい』と言われ、つい厚意を受け取ってしまった。

そんな流れで私のアパート前に到着したのは、十一時を回ったくらい。

「遅くなってごめん。家の人は大丈夫？」

「はい。昨日から伝えてましたし、もう私も社会人なので。大丈夫です」

私はくすくすと笑ってシートベルトを外し、「ありがとうございます」と深く頭を下げた。

丸一日一緒にいたのに、あっという間。名残惜しいとさえ思う。

平気なふりをして顔を上げた刹那、唇に柔らかな感触が落ちてきた。驚いて固まっていると、至近距離で微笑む誠也さんが視界に映る。

「おやすみ」

とても穏やかな声を落とし、私の頭をそっと撫でる。

「……はい。お気をつけて」

ドクドクと騒ぐ心音のせいで、少し声が震え、別れ際は恥ずかしくてまともに目を見られなかった。

誠也さんの車のテールランプが見えなくなるまで見送ってから、静かに家に入る。居間の電気も消えていて静か。母はもう休んでいるみたい。

私は自分の部屋へ行き、電気を点《つ》けてベッドに腰を下ろした。

「はー……」

もう胸がいっぱいで、堪らず息が零れ出る。ぽすん、とベッドに上半身を倒した。

たった一日一緒に過ごしただけなのに、色濃く心に刻み込まれてる。時間が経つのはすごく早く感じて……つい数分前に別れたというのにもう彼が恋しくて。気づけば彼を想ってる。あんなふうにいつもやさしくてかっこよくて、私が仕事の話に夢中になっても、それさえも温かく肯定してくれて。そんなの……誰だって、ますます好きになるに決まってる。心が満たされて頭の中が、まるで今日見てきた花畑。

私はしばし幸福を反芻する。それから、顔を引きしめて勢いよく起き上がった。

夜遅いから……メッセージだけ。

メッセージを作成して送った相手は亜理沙。昨日からずっと私のメッセージに付き合ってくれてたし、ひとことお礼を伝えておきたい。

《遅くにごめん。今日一日、楽しんできたよ。いろいろ聞いてくれてありがとう。また今度ゆっくり会おうね。おやすみ》

「……よし」

既読にはならなかったから、どうやらもう休んでるみたい。明日は月曜で仕事だもんね。っていうか、それを言ったら誠也さんもだよね。

スマートフォンを握りしめ、罪悪感を抱く。今度は誠也さんの名前をタップして、メッセージを送信した。

《無事に着きましたか？　今日は本当に楽しく過ごさせていただきました。明日お仕事なのに送ってもらってすみません。ありがとうございました》

さらに、〝おやすみなさい〟のイラストを追加で送る。

お風呂《ふろ》に入ってベッドに入り、しばらくスマートフォンを手にしていたけれど、いつの間にか寝ていた。

誠也さんからの返信が、日付が変わってすぐにきていたと知ったのは翌朝だった。

休み明けは、いつも気合いを入れるようにしている。しかし、今回は特別に気を張った。

油断すれば、一昨日のデートや昨日何度か交わしたメッセージを思い出して顔が緩みそうだったから。

誠也さんは月曜から出張だと話していた。戻りは週末頃と聞いてはいても、はっきりと次の約束はしていない。

業務をこなしていると、すぐに昼になった。

営業社員は接客中だったり、外に食べに行ったりしていて、今は事務所にひとり。

私は電話番がてら、デスクでお弁当を広げる。お弁当箱のふたを開けようとしたとき、「戻りました」と声が聞こえた。外出していた宮野さんだ。

「あ、お疲れ様です」

あの日から一週間経って、休憩時間にふたりきりは初めてだ。就業時間中なら、仕事に関する話で間が持った。けど、仕事以外の話題は……やっぱり戸惑うのが正直なところ。

「ああ。お疲れ様。電話番？」

「はい。皆さん、接客や休憩で出払っていて」

「そっか」

私が内心どぎまぎしているのに反して、宮野さんは至って普通に接してくれた。

さらに、私のパソコンを一瞥し、口を開く。

「それ、今までとちょっと違うな」

「え？」

「如月は差し色にピンクって、あまり選ばなかったと思って。ラグが落ち着いた緑で、まるで自然の中にいるみたいな配色だな」

鋭い感想に顔が熱くなるのを感じ、咄嗟に俯いた。

「ちょっと……影響されるものがあって」

指摘されて恥ずかしくなったのには理由がある。

それは、誠也さんと見た芝桜。

個人的に、これまでピンク色を選ぶ機会は少なかった。単純に好みの問題だ。ピンク色が嫌いだったわけじゃない。ただほかの色のほうが好みではあった。

それが、先週末に誠也さんと訪れた先の芝桜を見て、意識が変わった。ピンクのグラデーションを見て、自然とやさしい気持ちが溢れたから。

「へえ。いろんなコーディネートを組めるのはいい傾向じゃん」

「そう、ですよね」

きっかけが誠也さんのおかげなのが引っ掛かって、うまく反応できなかった。だけど、宮野さんは特に変わらず話を続けた。

「実は今日、うちの職人と話したんだ。その人から聞いた話で、俺もちょっと思い直すところがあったんだよなあ」

「職人さんですか？」

「うん。前の職場は長期海外出張がきつかったらしくて、うちの請負会社に転職したみたいなんだ」

「ああ……。建設現場に関わる方はそういう仕事も多いですもんね」

道路やダムなど大きな現場に携《たずさ》われれば、二、三年、日本を離れるのもざらだ。家族がいれば、距離が遠くなるのはつらいだろう。そうかといって、転職するのもリスクが伴う。きっと苦渋《くじゅう》の決断だったに違いない。

「そしたらさあ。現場の職人同士はいろいろあったみたいだけど、会社自体はすごくいいとこだったみたいで。トップが企業理念に則《のっと》った立派《りっぱ》な人で、今でも尊敬してるんだってさ。そこだけが転職した心残りらしいよ」

「へえ。そこまで慕われるなんて、よっぽど素晴らしい方なんですね」

「開発だけに力を入れず、自然を絶やさないための活動に注力してるんだって。そうかといって、ひとつひとつの現場も蔑ろにせず、多忙なスケジュールを縫っては自分の足で回って職人に労いの言葉を掛けて回るらしい」

「それはなかなか簡単にはできないですね。ちなみにどこの会社ですか？」

私がなにげなく尋ねたら、宮野さんはまっすぐに私を見た。

「久織設備」

「えっ……」

宮野さんの視線を受けた直後、『もしかして』と頭を掠めてはいた。実際に答えを耳にしたら、うまく言葉も出せずに固まる。

「〝久織〟って名前は知ってても、実際どんな会社かって気にしたこともなかったから、聞いてみたんだよ。ほら、今は社長の顔もわかるし？　彼がどんな仕事してるのか興味本位で」

宮野さんは軽く目を伏せ、自分に語りかけるように続ける。

「まあ、俺はハウスメーカーの人間だから、ただ目の前の仕事を……綺麗な家で生活が便利になって喜んでもらって満足してた。それが間違いだとは思ってない。でも、ほかにも目を向けるとこがあるんだなって思ったよ」

　そう。誠也さんはいつも見ている世界が広くて。それがとても魅力的で、私はいつも彼の話に惹かれていた。

「久織さんは視野が広いよな。あの日だって……。彼は俺を捕まえて、ちゃんと如月に謝らせるように仕向けてくれただろ。あれ、あとからすごく感謝してさ」

「あ……」

「あのときじゃなきゃ、如月に謝罪できなかったかもしれない。なあなあにして、職場では避けるみたいに仕事して……。たぶん、あの人はあそこで瞬時に判断して俺を諭したんだと思う。頭の回転も早けりゃ気遣いもできる男だよ、本当」

　私も宮野さんと同様に思っていた。

　あの日、宮野さんがなにも言わず去っていたら、今以上に気まずくて、おそらくこんな話もできていなかったんじゃないかと。

　宮野さんはデスクに浅く腰を掛け、眉を下げて苦笑した。

「……久織社長なら、如月を苦しめないで守ってやれるって今は思える。悔しいしカッコ悪いけど、認めざるを得ないわ」

「カッコ悪くなんか……」

私の声を遮ってスマートフォンの着信音が鳴り響く。それは宮野さんのほうから聞こえてきて、彼はポケットからスマートフォンを取り出した。ディスプレイを見てすぐに私に背を向け、忙しなくデスクへ戻っていった。

私は改めてお弁当と向き合い、ふたたび手を掛ける。

みんな一生懸命仕事と向き合っている。たくさんの思いを心に刻んで、私も出来ることを頑張ろう。

今週の金曜日は休日だった。私はひとりで街に出ては、ぶらりとウインドウショッピングを楽しみつつ、仕事に活かせそうな商品をチェックしていた。

夕方になり、亜理沙との待ち合わせ場所へ向かう。会うのは約十日ぶり。

すでにふたりで決めていた創作和食ダイニングの店に入り、席について亜理沙を待った。すると、すぐに亜理沙がやってくる。約束の時間よりも十分ほど早い到着だ。

「亜理沙！　お疲れ様」

「いつものことながら、史奈ちゃん早いね。それに、今日休みだったのに、わざわざ出てきてもらってごめんなさい」

亜理沙は私の向かいに座り、申し訳なさそうに言った。

「全然平気。私、休みはいつも街ブラしていろいろ見て回ってるし。なに飲む?」

メニュー表を亜理沙のほうに向けて渡す。

「えーと、レモンサワーにしようかな」

「私も一緒。ここの焼き鳥に合うもんね。先にいつもの串物オーダーしちゃお。すみませーん!」

私はちょうど近くにいたスタッフに声を掛け、注文を終えた。そして、亜理沙に向き直り、テーブルすれすれまで頭を下げた。

「改めて、ありがとう亜理沙。誠也さんから聞いた。私のために誠也さんのお願いを聞いて会ってくれてたって。すごく緊張したでしょ?」

きっかけは亜理沙のお願いからであっても、亜理沙が無理をする義務はない。

「私が史奈ちゃんのために力になりたかったの。誰かのためだったら頑張れるものなのね。今でもあのときの自分の判断と行動は驚いてるの」

亜理沙はどこか一歩踏み出せたような吹っ切れたような、キラキラした笑顔だった。それを見て、私はちょっと救われた。

「その後、お父さんとはどう?」

「うん。もうお見合いの件は終わった話になってる。ママが言うには少し残念そうだったみたい」

「残念って?」

「ほら。誠也さんが史奈ちゃんと私を勘違いした状態のとき、すごく熱心に許しを乞いに来たみたいだったから。誠也さんの人柄を気に入っちゃったみたい。それは史奈ちゃんに向けられたものなのにね」

もとを正せば、亜理沙のお父さんや誠也さんのお祖父様たちから始まった件ではあるものの、なんだか少し罪悪感が芽生えた。

そんな私に亜理沙は「ふふっ」と笑う。

「パパのほうは気にしないで。元はと言えば、パパたちが勝手に決めてきた話だったんだし。ね?」

亜理沙は特に気にも留めず、笑って私が思っていた言葉を出した。

私はゆっくりと頷く。だけど、やっぱり胸の内にはもやもやが残っている。そこに、レモンサワーが運ばれてきた。

亜理沙はグラスに手を伸ばし、口に付ける直前動きを止める。

「私、ちゃんと全部話すね。史奈ちゃんに代理をお願いしたって件も」

「えっ」

「だって、いつか誠也さんがパパに史奈ちゃんを『妻です』って紹介する場が来るかもしれないじゃない。同じ業界にいたら、なくはない話よ。そうなったら私、史奈ちゃんと他人のふりなんかしたくないもの」

亜理沙はそこまできっぱりと宣言してから、レモンサワーを飲み、付け足した。

「それに、誠也さんへ正式に断りの連絡をしないとって憂鬱そうにぼやいてて。きっと彼に申し訳なく思ってるのよね。このままじゃ良心が痛むから……。ただ、パパも仕事が立て込んでたみたいで。今は海外へ行ってるのもあって、なかなか会えなくて言えてないの。近々ちゃんとする」

亜理沙の決断に戸惑いはしたが、そうするのが一番いいのかもしれない。改めて、亜理沙がそこまでして縁談を拒絶したかった気持ちを伝えるいい機会かも。

「それよりも、デート楽しかったんでしょ？　どこに行ったの？」

ふいに話題が逸れて、思わず口に含んだばかりのお酒を吹き出しそうになる。どうにか飲み終えたはいいが、しばらくむせ込んだ。亜理沙に心配されながらゆっくり呼吸を繰り返し、ぽつりと答える。

「えっと……北海道……」

「北海道!?　ええ!?　お泊まり!?」

「ちっ、違う違う！　日帰りで！」

慌てふためく私に、亜理沙は次々と質問を投げかけてきた。

私は終始照れくさくなるばかりで、普段みたいに食べる余裕がなかった。

それでも、亜理沙と話に花を咲かせるのが楽しくて、あっという間に時間は過ぎていった。

翌日。私は特に問題なく一日の仕事を終え、帰路《きろ》についていた。
新大久保駅で電車に乗ってバッグを手前に抱いたときに、振動を感じる。スマートフォンを確認すると、誠也さんからのメッセージだった。内容をチェックしている間に、電車の扉は閉まり動き出す。
《出張が終わってもうすぐ自宅に着くんだけど、まだ仕事してる？　少し会えたらうれしい》
私はすぐに電話を掛けたくなる衝動を堪え、メッセージで返す。
《仕事終わってます。ご自宅はどちらでしたか？　私が近くへ向かいます》
出張から帰ってきたんだ。すぐに連絡くれたのがうれしい。
緩みそうな表情を引きしめ直し、揺れる車内でそわそわと返信を待つ。

次の駅の車内アナウンスが流れ終わる頃に彼から返事が来て、駅に止まると急いで降りた。

十数分後、私は恵比寿《えびす》駅にいた。誠也さんの自宅は広尾《ひろお》にあるらしい。ロータリーで待っていると、五分も経たぬうちに黒い車がやってきた。私は迷わず車へと駆け寄る。

「こ、こんばんは！　おかえりなさい」

「ただいま」

颯爽と車から降りて見せる笑顔は、何度でも私の胸を高鳴らせる。

「わざわざこっちまで来てもらってごめんね。ありがとう」

「大丈夫です。電車だとすぐですから」

あまりにドキドキしすぎてる自分に驚き、彼からパッと目を逸らした。

「どうしようか。少しうちに来る？　数日家を空けてたから整ってはいないけど」

誠也さんは出張から戻ったばかり。ゆっくり休んだほうがいいはず。

そう待ち合わせ前に考えてた私は、口角を引き上げた。

「いえ。今日はすぐに帰ります。誠也さんもお疲れだと思うので」

「いや、俺は平気だけど……よく考えれば史奈さんが大変になるか。明日も仕事だもんね？」

「はい」

「それじゃ、俺が家まで送れば……」

「ダメです！」

私がぴしゃりと言い放つと、誠也さんはびっくりして目を白黒させていた。

私は慌てて取り繕う。

「あ……。ええと、毎回送っていただくのは申し訳ないし、誠也さんが帰り道事故に遭うんじゃないかって不安にもなるので」

私ももう少し一緒にいたいって思うがゆえ、つい誠也さんの厚意に甘えがち。けれども、毎回そんなふうに負担を掛けさせられない。

「今度、ゆっくり出張先でのお話も聞かせてください」

私が笑いかけると、誠也さんは柔和な面持ちで私をジッと見つめてくる。

「私なにか変なこと……言いました？」

おずおずと尋ねたら、彼は口元に笑みを浮かべて首を横に振った。

「ううん。史奈さんははっきりとものを言うから、いいなって。今もそうだし、俺が婚約してほしいって伝えたときも『できない』って」

「あ、あれは言わなきゃならないことだったから」

「うん。そうだね。だけど、自分の意思を相手に面と向かって伝えるってなかなか難しいよ。俺にはあなたのそういう部分はとても魅力的に映る」

「……いえ、代役の件はなかなか伝えられませんでしたよ」

記憶に新しいから、まだ罪悪感が残っている。

「自惚れた発言をすれば、それは俺に特別な感情を抱いていたからじゃないの？　大事な相手だからこそ、身動きが取れなくなる気持ちはわかるよ」

彼の言葉はいつも胸にスッと届く。私の気持ちに同調してくれて、すごく救われた。

誠也さんは突然ひとり車へ戻り、なにやら袋を手にして戻ってきた。

「わかった。今夜はこれだけ渡しておとなしく帰る」

「えっ」

「お土産。時間があまりなくて少しだけだけど」

私は驚きつつも、差し出された紙袋に恐縮しながら手を伸ばす。

「わざわざ私に？　ありがとうございます」

気を遣わなくてもいいのに。私は顔が見れただけで十分なのに。

そう思うだけで、口に出せなかった。数秒沈黙が流れ、私が先に動いた。

「じゃあ……」

軽く会釈をして一度目を合わせる。私ははにかんで踵を返した。後ろ髪を引かれる思いで誠也さんに背を向ける。

自宅まで送ってもらうのを遠慮したのは自分だ。彼に負担は掛けたくない。しかし、一度会ってしまったがために、離れがたくなっているのも事実だった。

振り返ったらダメ。このまま駅まで行かなきゃ。

「史奈さん」

「え？」

心の中で真剣に葛藤《かっとう》していたときに、ふいに名を呼ばれる。私が振り向くよりも先に、腕を掴まれ身体を引き寄せられた。急な展開に頭が真っ白になる。

彼は棒立ちの私をしなやかな両腕で閉じ込めた。

「顔を見れてよかった。無事に家に着いたら連絡して」

低くしっとりとした声が直接耳に入ってきて、瞬時に全身が熱くなった。誠也さんの体温がじわりと伝わってきて、たちまち私の熱は増していく。到底声など出せず、私は何度か小さく首を縦《たて》に振るのが精いっぱい。

肩を窄めて動けずにいたら彼がゆっくり動き、私の顔に手を添えた。鼻先に触れるほどの距離になったとき、無意識に〝期待〟をしてぎゅっと瞼を閉じた。

「気をつけて」

前髪を撫ぜられ、ぱちっと目を開ける。

見上げた先の彼は、月明かりのように柔らかな微笑を浮かべていた。


自宅に着いて部屋に入り、ベッドに座ってぼんやりとする。別れ際を思い返しては恥ずかしさで声を上げそうになり、堪える代わりに枕《まくら》に突っ伏した。

最後、キスされるかと思った。ひとりで盛り上がっていたのがすごく恥ずかしい。冷静になれば、人の往来のある中でそんなことできないよね。

数分ベッドの上で悶《もだ》えたのち、身体を起こす。家に着いたら連絡をしてと言われたのを思い出し、スマートフォンを手にした。

帰宅した旨をメッセージで伝えると、すぐに着信が来た。姿勢を正し、応答する。

「はい」

『あ。帰ったばかりなのにごめん。次の休みを聞くの忘れてたなあと思って』

電話越しに聞く声も心地よくて、やさしい声色から彼が今どんな表情をしているか目に浮かぶ。

「ええと、次は……水曜と木曜です。すみません。どうしても平日しか……。この前の日曜は奇跡的に休めただけで」

片手でシフト表を広げ、電話だというのについ頭を下げていた。

『仕方ないよ。仕事ってそういうものだろう？　俺もそうそう平日は休めないし、同じだから』

お互い様だと理解はしてる。そこをドライに割り切って受け止められないのは、私とは比べ物にならないほど多忙な彼が、私に合わせようとするのを感じるため。そして、私も『会いたい』気持ちが強くてつい甘んじて受け入れてしまうから。

『水曜日なら仕事を早く済ませられそうだ。予定がないなら少し会わない？』

「私は大丈夫ですけど、誠也さんが疲れちゃうんじゃ……」

冷静に捉えて返すと、誠也さんがくすくすと笑う。

『史奈さんが気になるようなら、家でゆっくりするのはどう？　よかったら俺の家においで。史奈さんも次の日も休みなら少し気は楽だろうし』

誠也さんの提案に思考を巡らせる。

平日のど真ん中にあちこち付き合わせるより、自宅のほうが気は張らないかな？

誠也さんの家で一方的にもてなされそうになったら、私も動けばいいし……。

「本当にお邪魔してもいいんですか？」

『もちろん。住所はあとで送るよ。時間は前日までに連絡する』

「わかりました」

『じゃあ、また。おやすみ』

「おやすみなさい」

電話を切った後、机にスケジュール帳を開き、水曜日に印をつける。机上の卓上ミラーで顔が綻んでいるのに気づき、ひとりで恥ずかしくなって頭を横に振った。

そうだ。お土産！　先に見てたらさっきの電話できちんとお礼を言えたのに。

ふと思い出し、受け取った紙袋に手を伸ばす。中には長方形の箱が入っていた。コアラを象《かたど》ったチョコレートに、思わず「ふふ」と笑い声を零す。

可愛い。これを誠也さんが手に取って買ってくれた姿を想像したら萌《も》えるなあ。

ほっこりした気持ちでいたら、紙袋の底にもうひとつ手のひらサイズの小さな袋が入っているのに気づいた。続いて開封してみると……。

「わあ」

白い袋から出てきたのは、大小の円がふたつ重ねられたシンプルで上品なデザインのへアアクセサリー。

小さいほうの石ってオパール？　遊色効果で角度を変えたら虹色に見える。すごく綺麗で、仕事にもつけていけそう。

その夜、寝る間際にもう一度だけもらったバレッタを眺め、大切にアクセサリーケースにしまった。


水曜日を迎えた私は高揚していた。やっぱり、好きな人の家に招かれるっていうのは、楽しみと緊張が混在した気分になる。

約束は夕方六時。時間が近づくにつれ、何度も身なりを確認したりして、そわそわしてしまう。髪に飾ったお土産のバレッタに触れるのは、今日だけでもう何度目だろうか。

今回は誠也さんのマンションに直接行く約束だ。あまり早く着いて焦らせても迷惑だと考慮して、時間ぴったりを目指して来た。結果、誠也さんのマンションに辿り着いたのは六時五分前。

しかし、ほどよい時間に到着したことよりも、想像以上に立派なマンションに度肝を抜かれた。何階まであるのか。真下から最上階を見上げるも、首が痛くなるばかりで数えきれない。

目線を戻し、モダンで落ち着いた色使いの外壁を眺めた。私は厳重なシャッターゲートを横切り、エントランスへ向かう。階段に足を掛けたとき、スマートフォンが鳴った。

今、受信したのは広告メールだと確認したと同時に、約十分前に誠也さんからメッセージが来ていたのに気づいた。私は急いでメッセージを開く。

《約束の時間より遅れて着きそうだから、近くにあるカフェで待っててもらえるかな？　着いたら電話する。本当にごめん》

わ。気づくの遅れちゃった。早めに返信しないと気にしちゃうよね。

私は慌てていたのもあって、つい来た道を振り返り、歩きながらスマートフォンの操作をした。その拍子に思い切り人と衝突して、スマートフォンが地面に落下する。

「すっ、すみません！」

明らかにこちらに非がある。私は落としたスマートフォンよりも先に、相手の身を案じた。

ぶつかった相手は三十代くらいの、上背《うわぜい》のあるとても綺麗な顔立ちの男性だった。

うっかり私が見入っていると、彼は腰を屈《かが》めて私のスマートフォンを拾い上げる。

「うわ」

「えっ？」

男性が不快そうな声を零したので、なにかと思って眉を寄せた。彼は怜悧な瞳を私に向け、スッとスマートフォンを渡してくる。

「えーっ！」

見知らぬ人の前にもかかわらず声を上げた理由は、ディスプレイが派手に割れていたから。保護シートのおかげかガラスが飛び散りはしていないものの、全体的にひび割れていて悲惨《ひさん》な状態だ。自分が悪かったのだから仕方がない。そうあきらめつつも、肩を落とさずにはいられない。

「悪い」

ふいに言われ、ハッと我に返る。

「いえ！　手元ばかり気にしてた私が悪いので……。こちらこそすみませんでした」

深く頭を下げ、ふたたび男性を見た。

彼は無表情のまま、私を瞬きもせず見下ろしている。さっきも思わず目を奪われたが、本当に整った顔だと改めて感じた。それもあって、表情がないのが少し怖い。

私は目線を手元に戻し、スマートフォンを確認した。

保護シートのおかげで、ディスプレイも反応はある。今日のところは誠也さんと連絡さえ取れれば問題ない。

「それ、やっぱり弁償《べんしょう》するよ」

会釈をしてこの場を離れようとした際、男性が言った。私は目を点にして、数秒後しどろもどろになりながら遠慮する。

「いっ、いいえ。あの、本当に気にしないでください。ほら。なんとか使えるみたいですし」

そうして私は見るも無残《むざん》なスマートフォンを操作してみせる。しかし、相手はまったく聞き入れず、淡々と返す。

「いや。俺が気になる。今、時間ある？」

彼がさっきから表情をまったく変えずに、どんどん話を具体的に詰めてくるせいで狼狽えるばかりだ。

「えっ。今……は、あまり時間は取れないかと……なので大丈夫です」

懸命に角が立たぬように断ると、男性はジーッと私の顔を見てくる。それから、慣れた手つきで内ポケットから名刺を取り出し、私に差し出してきた。

「そう。じゃ、時間あるときにここに連絡して。すぐに話が通じるよう秘書にも伝えておく」

秘書……？　若そうに見えるのに、役職についている人なんだろうか。それとも若手実業家とか？　確かにこの人、立《た》ち居振《いふ》る舞《ま》いだけでなく着ているスーツや身につけているもの、どれも高そうな雰囲気でオーラがあるかも……。

そんなことを考えながら、名刺を受け取って驚倒した。目を剥いて彼を今一度見上げる。

〝久織建設　本社　専務執行役員社長室長　久織亮〟

「久織、亮……さん？」

〝久織亮〟――。亜理沙が言っていた彼だ！

確かにクールな印象。受け答えも無駄のない淡白《たんぱく》な感じで、女性相手にやさしく接するタイプではなさそう。

「俺を知ってんの？　悪いが俺は覚えてないな」

彼が怪訝《けげん》な顔つきに変わり、私はあたふたと答える。

「あ……私は名前だけ知っていて……」

「名前だけ？」

眉を顰める彼に低い声で聞き返される。

ああ、亜理沙の言っていた意味が理解できる。亮さんって、無自覚なのか知らないけれどすごく威圧感《いあつかん》のある人だ。ピリッとした緊張が張り詰める。

私は俯いていた顔をそろりと上げ、小声で返す。

「今日約束している相手が、久織誠也さんなんです」

「誠也と？……あ。もしかして大迫家の？」

怪しい者ではないとわかってもらえたらしいが、別の誤解が残ってる。

まだ誠也さんが選んだ相手が亜理沙だって認識なんだ。きっと誠也さんも仕事に追われていて、手が回らないんだろう。

そう予想がついても、私が誤解を解いてもいいものか……。こういう話は、やっぱり誠也さん本人からのほうが正しく伝わりそうだし……。

自分はこの状況下でどうすべきか決めかねていると、亮さんに尋ねられる。

「誠也、もうすぐ帰ってくるって？」

「ええと、まだもう少し掛かるみたいで。近くのカフェで待っててと連絡が」

「そう。なら、俺も一緒に待たせてもらう」

亮さんの判断に、心の中で『ええ!?』と叫んだ。が、当然表に出すなどできるはずもない。

私はおとなしく、亮さんとともにカフェへ向かった。

二十分後。

亮さんと向かい合い、緊張してコーヒーを飲んでいたところに慌てた様子で誠也さんがやってきた。私は誠也さんの姿を見て内心ほっとした。だって、亮さんとはもうずっと無言でコーヒーを啜《すす》っていただけだから。

「どうして兄さんが彼女と!?」

誠也さんが混乱しているところに、カフェスタッフがやってきて追加オーダーを取っていく。誠也さんはコーヒーを頼んだのち、私の横に静かに座った。

「偶然な」

誠也さんとは正反対で、亮さんはひとこと答え、優雅にコーヒーを飲んでいる。

「というか、わざわざ俺の自宅に尋ねて来るなんて。今まで滅多に来ないくせして、いったいどういう風の吹き回し？」

誠也さんが亮さんを問い質す。亮さんはカップを置いて、薄っすら笑った。

「元々お前が連絡くれてただろ。それに気づいたのがさっきで、たまたま近くにいたから立ち寄ってみただけ。お前だって留守電にメッセージ入れるなんて、これまでなかっただろ。よっぽどの用事なのかと思って」

「あ……」

誠也さんは思い当たる節があったようで固まっていた。

私は兄弟間の会話を邪魔しないよう黙っていたけれど、今しがた見せた亮さんの微笑にちょっとした衝撃を受けていた。

基本的な雰囲気は近寄りがたくて、受け答えも淡々としていて怖くも感じる。けれども、笑った顔はやっぱり誠也さんと似ていて、紛れもなく兄弟だと思った。

「ここじゃ落ち着いて話せないなら、部屋に上がらせてもらうしかないな」

すぐに話を切り出さない誠也さんに対し、亮さんはコーヒーを飲み切って言った。

私は空気を読んで、おずおずと口を開く。

「でしたらお邪魔だと思いますので、私はここで」

席を立って一歩横に移動した瞬間、手首を握られた。私は驚いて目を見開く。

私を止めたのは誠也さんでなく、亮さんだったからだ。

「帰るの？　だったら、さっきの責任取らせてほしいんだけど」

急な出来事にびっくりしていたら、同様に誠也さんも驚いて絶句している。

「えっ？　で、でも亮さんは誠也さんとお話が……」

どうにか私が返答するも、亮さんは飄々《ひょうひょう》として私を解放してくれない。

「誠也はあとでいいだろ。なあ。お前はちょっと家で待っててて――」

「なんの話をしてるんだ！　責任ってどういうことだよ!?」

誠也さんがめずらしく声を荒らげ、亮さんの手を私から引《ひ》き剥《は》がす。誠也さんの新たな一面を目の当たりにして驚いたのも束の間、私は急いでバッグからスマートフォンを取り出した。

「誠也さん、待って！　これ見てください」

「なに？　……え？　これ、どうしたの!?」

「私の不注意で亮さんにぶつかった衝撃で手を滑らせてしまって……。亮さんはこれを弁償すると仰っていて。あの、本当に大丈夫ですから。すみません」

最後は亮さんへ向かって言った。でも亮さんは涼しい顔つきで、しれっと拒否する。

「他人のものを壊してそのままっていうのは不本意だと何度も言ってるだろう」

亮さんは発言の通りまったく譲る気はなく、結局カフェを出てから異様《いよう》なスリーショットで携帯ショップへ行くことになったのだった。

約一時間半後。誠也さんのマンションに戻ってきた。

悠々《ゆうゆう》とした玄関、二十畳近くありそうな広いリビング。いろいろな物件や間取りを見てきたけれど、ここまで素晴らしい部屋に出会ったことはまだない。ラグジュアリーな外観のイメージ通り室内もホテルライクで、うっかりしていたら隅々まで見入るほど綺麗だ。しかしながら、今は悠長にインテリアを楽しんでいる場合ではない。

理由は、さっきまでいた携帯ショップでの出来事。

結局、スマートフォンは亮さんに代金を支払ってもらったのだが、その際に私の本名に気づき、見る見るうちに不信感を露わにされたのだ。

誠也さんがいたため、『続きは家で』とうまく場を収めてくれて、今に至る。

「で？　聞かせてもらおうか。そこの彼女が誰なのか」

急に厳しい目を向けられ、私はたじろぐ。

亮さんの変化は当然だ。きっと私が誠也さんを騙しているって思ったのだろう。

まあ、実際初めはそうだったのだから、感情的に『違います！』とも言えないところがある。とはいえ、私はもう自分を偽ってはいないし、誠也さんの手を取った以上、きちんと説明する義務がある。

重い空気を押しやり、毅然《きぜん》と振る舞った。

「私は如月史奈と申します。ハウスメーカーでインテリアコーディネーターをしています。大迫亜理沙さんとは昔からの友人で……久織亮さんとの約束の日は、正体を伏せて私が代理で出向きました」

さすがに亮さんも驚いたらしい。「は？」とひとこと漏らし、目を丸くしている。

「兄さんと同じだったたってことだよ」

そこで誠也さんが付け足すと、固まっていた亮さんが数秒後に「ふっ」と吹き出した。それから意外にも声を上げて笑いだす。

私たちは目配《めくば》せして、亮さんの笑い声が止むのを待った。

徐々に笑いが落ち着いてきた亮さんは、大きな革張りのソファに腰を落ち着ける。

そして長い足を組んでは、おもむろに私たちを見上げた。

「ああ、可笑しい。久々に笑った。なんだよ、それ。最高だな」

あ。やっぱり、ふとした笑顔が誠也さんと重なる。

そう思って眺めていたら、すぐに皮肉な笑みに変わってしまった。

「向こうもなかなかやるな。まさか俺と同じく極秘《ごくひ》で代役を寄こすとは」

亮さんは、くっくっと喉の奥を鳴らしてまた笑いだす。

「笑いごとじゃないって。俺たちがどれだけ振り回されたか」

「でも、結局話はまとまったんだろ？　隣の彼女と」

誠也さんは訴えを鮮やかに切り返され、なにも言えない様子だった。

「ふうん。なるほど。留守電の件は、差し詰めこの事実の報告と祖父さんや親父への対応の仕方の相談ってとこか」

何気ない会話のようだったけど、私は後半の言葉に引っ掛かる。

お祖父様やお父様への対応……。今の亮さんの言い方から察すれば、やっぱり私たちの関係を認めてもらうのは容易じゃなさそう……。

一気に不安に襲われる。結局、私は自分の気持ちに素直になろうと決めたくらいで、誠也さんの力になれはしないのだ。むしろ、悩ませて苦労させるだけで……。

重苦しい気持ちを抱き下を向いていたら、誠也さんが凛とした声で言った。

「兄さんは相変わらず察しが良いよ。だけど、用件は俺たちの報告だけ。父さんたちのほうは自分で考えてるから」

誠也さんを見た瞬間、目が合った。彼にやさしく微笑まれ、不思議と心が落ち着いていく。

「へえ。保守的な性格だったのが……変わるもんだな。さすがほかに渡したくない人材だって言い切っただけある」

「その話は……っ」

亮さんが目を伏せて感慨深げにつぶやくと、めずらしく誠也さんがなにやら慌てていた。しかし、亮さんは特段気にも留めず、ソファから立ち上がる。

「じゃ、俺行くわ」

そうして、スタスタと玄関へ行く亮さんを、私は慌てて追いかける。

「亮さんっ。スマホ、ありがとうございました！」

亮さんの背中に向かってお礼を伝えると、彼は靴に足を通してからゆっくりと振り返った。

「別に。そいつが俺に向かって敵対心出してくる瞬間も見られて面白かったし」

「え？」

「次、君に会う日が来るかは誠也次第だけど、あの感じなら大丈夫そうだ」

最後はぽんと肩に手を置かれ、耳元で言われた。距離感に戸惑っているうちに、亮さんは僅かに口角を上げ、颯爽と去っていった。

私は亮さんが出て行った玄関の扉をぼーっと見つめる。背後に誠也さんがいるのを思い出し、話し掛けた。

「亮さんって、よく話してみたら案外怖くないかも……」

もっと棘があって、ただ傷つけられるのかと思ってた。あまり口数は多くないし、表情も凛々《りり》しい感じがほとんど。しかし、委縮させられるほどの威圧感はなかった。

「いや。女性相手にあんなに話すのはめずらしいよ。史奈さんが気に入ったのかな」

「え。私はなにもしてな……」

振り向きざまに、背後から覆いかぶさられるように抱きしめられる。突然で硬直していたら、彼は密着した状態で甘く囁く。

「でもダメだよ。あなたはもう俺のものだろう?」

耳介《じかい》に息が触れ、反射で目を閉じた。後ろから顎に手を添えられた、次の瞬間。

「せ、いやさ……ん……っ」

呼び声ごと唇を覆われた私は、たちまち呼吸が乱れていく。

息継ぎがうまくできない。誠也さんのシャツを片手できゅっと掴み、吐息を漏らすだけ。次第に深くなっていくキスに眩暈《めまい》を覚えた。熱く蹂躙《じゅうりん》される感覚に恍惚とせずにはいられない。

力が抜け落ち、くたりとする私を誠也さんは支えながら、真剣な面持ちで私の双眼を覗き込む。

「ねえ。その凛とした瞳に映すのは俺だけにして」

彼はそう言って、睫毛をゆっくりと伏せた。次に大きな右手を私の頬に添わせ、親指で今しがた塞がれていた唇を焦《じ》らすようになぞっていく。官能的に動く指一本が、私の理性を容易く壊す。

涙目《なみだめ》で彼を見つめる。すると、私の欲望に呼応するかのごとく、彼が鼻先を寄せてきた。

距離がなくなる直前に、彼は言った。

「夢を紡ぐこの唇も、指も、瞳も――全部俺のもの」

二度目の口づけは獣《けもの》に貪《むさぼ》りつくされる感覚でいて、胸がきゅうっと甘く疼《うず》く。音を立てては角度を変えるキスに応えるのがやっと。

「んっ、んっ……はあっ、待っ……」

「可愛い」

一瞬の隙に『待って』と伝えるも、彼の止まない求愛に呑《の》まれて溺れていく。

繰り返し重ねられるキスで、頭の奥がぼうっとする。ついには膝から力が抜け落ちてしまった。しかし、誠也さんが支えてくれているおかげで、どうにか座り込まずに済んでいた。

「仕事のときのきりっとした顔も、好きな話をする明るい笑顔も好きだけど」

誠也さんは、ちゅっとこめかみにキスを落とし、軽々と私を抱え上げる。私は驚いたものの、抵抗する力もなくてされるがまま。彼の胸に頬を寄せて脱力していたら、熱い眼差しを向けられる。

「頬を染めて潤んだ目で俺を見上げる表情は可愛すぎて……誰にも見せたくない。ずっと俺の腕の中に閉じ込めておきたい」

誠也さんがそう言って、すたすたと長い廊下を歩いて行く。私の心臓は大きな音を立てて鳴り止まない。

彼が開けっ放しのドアから奥へ歩みを進め、私は広いベッドの上に降ろされた。体勢を立て直す間もなく誠也さんは私を組み敷き、眼鏡のブリッジを中指で押し上げる。

「こんな感情、初めてだ」

誠也さんの余裕のない顔と声に、身体の奥が熱くなっていく。彼は急くようにスーツの上着を脱ぎ捨て、私の左手を取った。

「あっ……」

「爪の先まで独占したいなんて、可笑しいかな」

指にキスされ、舌先で艶《なま》めかしくなぞられる。些細な刺激のはずなのに、今はもう彼の触れる箇所に全神経を注いでしまう。

私は彼の首に両腕を絡め、掠れ声で返した。

「……可笑しく、ない……です」

だって、そんなふうに言われてうれしい。

仕事でも求められたり必要とされれば満たされる。だけど、これはまた別格だ。言葉で言い表せないほどの高揚感で、頭も胸も目の前にいる彼でいっぱいになる。

そっと腕を緩め、彼の顔をそろりと見た。

彼は瞼を伏せ、長い指で眼鏡のテンプルを摘まみ、おもむろに外した。再び露わになった薄茶の瞳と目が合い、ドキッとする。

「今日、着けて来てくれたんだね」

「え？　あ……」

「イメージした通り、似合ってる」

彼は満足そうに微笑を浮かべ、私の後頭部に手を回した。お土産でもらったヘアアクセサリーだ。亮さんと遭遇してバタバタしていたのもあって、すっかり忘れていた。

『似合ってる』と言われて急に恥ずかしくなった。

「ありがとうございます。気に入ってます、とても」

「よかった。じゃあ、壊れないように外しておこうか」

誠也さんは妖艶《ようえん》に笑みをたたえる。そして、カチッとバレッタを外し、サイドテーブルの彼の眼鏡の横に置いた。

「たぶん俺、それを気遣う余裕もなくなりそうだから」

「ひゃっ、あっ……」

その言葉を合図に、誠也さんは私の身体の隅々にキスを落としていき、濡れた吐息が室内に響く。

どのくらい経ったかなんて、もうわからない。時間の概念もなくなっていた。

彼は指を絡ませ、きゅっと私の手を握った。

「──史奈」

いつもセットされている彼の前髪が乱れ、それがすごく色っぽさを増して見えた。

加えて呼び捨てで呼ばれれば、身も心も蕩《とろ》けていく。

「好きだ」

「……私も」

私はシックなカーテンの柄にも、オシャレなひとり掛けのソファにも気づかずに、ひたすら彼の熱に溺れていった。

それは、とても幸福な時間だった。

「時間、大丈夫？」

ベッドの中で寄り添っていたら、誠也さんはごく自然に私の髪を撫でて言った。

「あ……はい。いつも気にさせてごめんなさい」

私はちらっと掛け時計を見て答えた。今は八時四十五分。

「いや。出来る限りお母さんに心配掛けたくはないだろう？　そういえば、史奈さんは……」

「どうして？　さっきは『史奈』って呼んでくれたじゃないですか」

「えっ。ああ」

わざと頬を膨らませてみせると、彼は気恥ずかしそうにはにかむ。

そんな表情がまた愛おしくて、堪えきれずに笑ってしまった。

「史奈は、ご両親とお兄さんの四人暮らしなの？」

「いえ。父は私が小さい頃亡《な》くなったので、それからは三人で暮らしています」

「そうか……」

誠也さんが気遣うのが伝わってきた。私はもうとっくに前へ進んでいるから平気だけれど、やっぱり幼少期から父がいないと言えば、みんな心を痛めるみたいだ。

「ま、兄は出張とか彼女のアパートとかへ行ったりしてるから、ほとんど帰って来ないんです。母と私で気ままに生活してますよ」

私があっけらかんとして言うと、彼は寂しそうに微笑んだ。なにか言いたそうな雰囲気を感じ、首を傾げる。

「どうかしましたか？」

「ああ……うん。史奈がよければ、一度ご家族に挨拶をしておきたいなと思って」

「……えっ!?」

挨拶!? 家族に!?

付き合い始めてすぐに、そういう話をされるなんて思ってもみなかった。なにも考えていなかった私は驚くだけで、言葉が出て来ない。

「そのうち史奈と一緒になれたらと考えていたんだ。そうすると、お母さんが寂しくなるか」

「一緒に……なる……？」

以前『婚約していただけませんか』と言われたが、あれはあくまで〝大迫亜理沙〟への言葉だった気がして。だから今、ありのままの私にも変わらぬ想いを抱いてくれていたってわかって感極まる。

「俺は史奈以外考えられないよ」

目を潤ませていたら、さりげなく手を握られ、手の甲にキスされた。

「真剣に史奈との将来を考えてる。そのためなら心配させないよう努力は惜しまないよ。史奈と史奈のお母さんには安心してほしいから」

誠也さんは伏せていた瞼を上げると同時に、真剣な双眸を向けてくる。どぎまぎするだけで相変わらずひとことも返せない私に不安になったのか、僅かに眉を寄せた。

「ごめん。先走った……？」

「や……ただびっくりしたのと……うれしいのとで」

幸福感がじわりと広がってきて、ようやく素直に笑顔を返せた。

「よかった。まあ、仮に『うん』と言われていても、どうにか口説き落とすつもりだったけどね。こんなふうに」

ふっと目を細めたかと思えば、たちまち私に影を落としてくるものだから、咄嗟に目を閉じた。しかし、想像した感触はなくて、そろりと視界を広げていく。

私の瞳に映し出された彼は、凛とした表情をしていてドキッとした。

さっきは夢中で、恥ずかしくて……。まじまじと見ていられなかった。一度落ち着いた今、改めて彼と向き合って多くのことに気づく。

ワイシャツの下に隠されていたたくましい胸板や、ほどよい筋肉のついた腕は彫刻のように美しい。鎖骨《さこつ》、喉ぼとけ、首筋……どれをとっても色っぽく、ドキリとさせられる。

形のいい唇から、通った鼻筋へ視線を辿り、もうひとたび目が合った。

眼鏡を外している彼は、少し幼さを感じさせる。

ひとりでぼーっと見惚れていたら、時間差で甘いキスが落ちてきた。彼の身体の重さと体温で甘美《かんび》な陶酔《とうすい》に浸る。どれくらい繰り返されたかさえ、わからなくなった。

誠也さんのほうから名残惜しそうに唇を離していき、私はゆっくり目を開く。彼は壊れものを扱うみたいに丁寧に、静かに、滑らかに私の頬や頭を撫でた。

「これ以上は、もう一度欲しくなるからやめておくよ」

微苦笑を浮かべる誠也さんを見て、身体中に広がった愛しい想いが弾けた。

私はベッドから足を出した彼のしなやかな背中に抱きつく。

「……こら。今言った意味、わかってる?」

「はい」

わざと狙って取った行動じゃないけれど、あざといって思われるかな? もしそうであってももういい。私は今抱いている感情を明確に言い表せる言葉を知らない。こんなふうに体現するしかないんだから。

すると、誠也さんは「はー」とため息をついて頭を垂れてしまった。

「ずっとここに閉じ込めておきたい」

私が抱きしめていた側なのに、あっという間に逆転する。すっぽりと抱きしめられるのがこんなにも心地よい。

「早くご家族の許可をもらわないとなあ……。明日が休みって聞いたら正直引きとめたいところだけど、史奈に後ろめたさを感じさせたくない」

誠也さんは初めからそうだった。相手を気遣いつつ、ちゃんとリードしてくれる。そういうところが、本当に大人で頼れると感じていた。

「ねえ……結婚前に、まずここで一緒に暮らすっていうのはどう？」

「一緒に？」

目を丸くして聞き返したら、彼は確かに頷いた。

「うん。そうしたら、史奈も職場に通いやすいだろうし、お互い仕事をしていても会える時間が増える」

「ああ。そうですよね。ごめんなさい。私みたいな仕事って、予定を合わせづらいですよね……」

誠也さんは目尻を下げ、ぽんぽんと私の頭に触れる。

彼の手の温もりを知り、余計に一緒に過ごす時間が欲しくなった。しかし、仕事も捨てられない。私は今の仕事にやりがいを持っているし、まだこれからというところ。もどかしい思いに駆られていたら、誠也さんが「ふっ」と笑いを零した。

「この先も、ともに過ごしていくと思えば、なかなか会えないあなたを想って過ごす日々があっても悪くない。そう思うのも事実だし、一日も早く一緒に過ごしたいとも思うんだ。わがままでごめん」

そう言ってやさしい手つきで私の頬を包み込んで破顔《はがん》する彼に、私はもう一度恋に落ちていた。

その後、私たちはリビングに移動した。私は改めてリビング内を見回し、感嘆の息を漏らす。

「無駄がなくてスタイリッシュですね。誠也さんがコーディネートしたんですか？」

「いや。これはうちのコーディネーターに任せたんだ。当時は慣れない仕事に追われていて、自分の部屋をコーディネートする余裕すらなくて」

「そっかあ。コーディネートも真剣に考えたら時間も労力も掛かりますもんね」

普段の仕事から、ゼロから考える大変さはとてもよくわかる。

この部屋は、余計なものを置かずにシンプルにすることで、掃除もしやすくて家事も最低限で済むようになっているみたい。それはたぶん、考えた人が多忙な誠也さんの生活スタイルを考慮したうえでコーディネートしたからではないかと思う。

「なにかいいアレンジがありそうなら、好きに変えていいよ」

つい仕事中と同じスタンスで、じっくり観察してしまった。誠也さんの言葉に、私は慌てて首を横に振る。

「まだ至らない私が手を加えるなんて。それに大きく変える部分が見えませんよ。コーディネーターさんが誠也さんをイメージして作ったんでしょうから。そう感じます」

日頃から大切にしているのは、自分の色を押し出さないこと。実際は、それがまたむずかしい。

「でも俺は史奈のコーディネートに興味がある。むしろ、前向きに考えてほしいな」

誠也さんは本心から言っているみたいで、私はちょっぴり困りつつもうれしい気持ちも抱く。

「……じゃあ、近いうちに少しだけ。大きくイメージを変えはしませんから」

「楽しみにしてる」

誠也さんの目が私に信頼を預けているような気がして、私は純粋に彼の期待に応えたいと思った。

十時半を過ぎた頃、誠也さんの車に乗って帰路についた。

「兄のせいで予定が変わって夕食が遅くなったね。しかも、簡単なもので済ましちゃってごめん」

「いいえ。全然大丈夫です。それよりも、また送っていただいて……。私は明日も休みなのに」

「俺が送りたいんだ。遠慮しないで甘えて」

「はい。ありがとうございます」

窓の外を眺めながら、今会話に出た亮さんを思い出した。

――『次、君に会う日が来るかは誠也次第だけど、あの感じなら大丈夫そうだ』

別れ際に耳打ちされた言葉。実はずっと引っ掛かっている。薄々予想してはいたものが、亮さんのひとことで確信に変わった。

「今日、亮さん……誠也さんが電話した用件は、お父様たちへの対応の相談じゃないかって言っていましたよね。やっぱり説得が困難なんですよね？」

私たち当人と、亜理沙や亮さんは一連の流れを問題なく受け入れている。しかし、おそらく誠也さんのお父様方は誤解されたままなんだ。

その証拠に、誠也さんは私の指摘を受けても、未だ無言でハンドルを握っている。

彼は私の視線を受け、ようやく口を開いた。

「ん……。きっと大丈夫。案外すんなり受け入れてくれる可能性もないわけじゃない。こういうのは当然今回が初めてのことで、俺も兄も予測がつかないだけなんだ」

もしかしたら、お父様には亜理沙との縁談を前向きに進めたいと話をしたのが最後なんじゃ……？　それに、亜理沙のお父さん——大迫社長との関係も……。

「今後の……大迫不動産がかかわる仕事に大きく影響したりしませんか……？　そうしたら、誠也さんが久織グループ内で立場が悪くなったり……」

不安をすべて口に出すと、誠也さんは苦笑する。

「史奈には敵《かな》わないな。確かに、父や大迫社長へは一世一代《いっせいいちだい》の頼みごとって勢いで話をしたあとだから格好《かっこう》はつかない。だけど双方には経緯はともかく、今ある事実を伝えて納得してもらいたいと思ってる。仕事には影響させないよ」

嘘の上に幸せな未来は思い描けない。私も本来、後ろ暗いものを抱えるのは性に合わないのだ。今回は亜理沙が本当に困っているから引き受けてしまったわけで……。

「あれから大迫社長に数回連絡を取ってみたんだ。いつもタイミングが合わなくて。先週からは国外に行っているらしいのもあって、まだ話ができていないんだけど」

「あ。そういえば亜理沙からも海外に出張へ行っているって聞きました」

「今月中には時間をもらえたらいいんだけどね」

もどかしそうに笑って話す誠也さんを見て、自然とつぶやいていた。

「なにか私にできることは……」

こうなった責任は私にもある。亜理沙や誠也さんだけが大変な思いをしている気がしてならない。

「ありがとう。でも大迫不動産の件は俺がちゃんとするから。俺の立場まで気に掛けてくれてうれしいよ。大丈夫だから心配しないで」

当然ながら私にできることなどなくて、それ以上はこちらもなにも言えなかった。

家に着くまでの残り十数分、沈黙が流れる。

アパート前に着き、私が口を開こうとしたときだった。

「史奈に預けておくよ」

「え？」

ふいに彼が言って私の手に握らせたものは、一枚のカード。

それは、誠也さんのマンションのキーだった。

私は驚きのあまり、目を見開いて彼を見た。

「あまり重い意味で捉えないで。ただ、さっきの約束に必要だと思って」

「約束？」

「インテリアコーディネート。してくれるんだよね？」

にこっと笑う誠也さんを、私は唖然として瞳に映し出す。

「それは……させてもらいます……でもこんな大事なものを」

私を信用しているって証明みたいなもの。うれしいけど、あまりに展開が早すぎて素直に受け入れられない。

私が手を引っ込められず固まっていたら、誠也さんはそっと私の手に触れる。

「どのみち近い将来渡す予定のものだから。自由に入って。史奈の気配が残っているのはうれしい」

まっすぐ向き合って言われ、照れくさくなった。顔と手が熱くて、胸がドクドクいっている。

「じゃあ……大切に預からせていただきます」

私が自分の意思で手を引っ込めたら、彼は満足そうに目を細めた。

8．人生を捧げたい人

史奈が俺のマンションへ来てくれた翌日。

俺はまずタイミングの合わせやすい自分の父のところへ、話をつけようと動いた。

出社前に、父がオフィス代わりに使用している別宅へ足を向ける。

「父さん、入るよ」

ノックをした後、父の部屋に入る。父は椅子に掛けずに立っていた。

「誠也？　なんだ？　悪いが今は時間がない。重要な用でないなら今度にしてくれ」

淡々と答える父のそばには、もう父の下で働くようになってから二十年以上にもなる秘書の和田《わだ》さんがいる。

「代表はこれから軽井沢《かるいざわ》へ視察へ行かれる予定なんです」

和田さんは気遣って丁寧に理由を補足してくれる。彼ならば、今回の見合いの件もおそらくすでに知るところだろうし、聞かれても問題ないはず。

「手短に言うよ。大迫氏のご令嬢との話は白紙に戻したいんだ」

端的に伝えた瞬間、さすがの父も準備の手を止めて俺を見た。

「相手のお眼鏡にかなわなかったのか？　しかし企業的にもいい話だ。お前も相手の娘さんを気に入っているなら、そう簡単にあきらめるな。大体、お前は昔から粘り強さに欠け……」

「別の女性を好きになったんだ」

くどくどと説教が始まったが、それを遮ってはっきりと返した。父はもちろん、奥にいた和田さんも目をぱちくりとさせている。

『別の』……と表現したが、本当は出逢ったときと同一人物。そこまで詳細に言うと彼女の第一印象が悪くなると咄嗟に思い、そういう言い方をした。

すると、父の表情がみるみる険しくなっていき、こちらに歩みを進めて低い声で問われる。

「……なんだって？」

ピリついた空気に一変したけれど、俺は怯まず父と向き合って宣言する。

「大迫氏のご令嬢ではなく、ほかに俺の人生を捧げたい人がいます」

瞬間、パン！と乾いた音が室内に響いた。俺は左頬に手を添え、父を見る。

「自分がなにを言っているか、ひと晩考えてよく頭を冷やせ」

これまで、父が感情的になることはあっても手を上げられた記憶はない。よっぽど信じられない話で、父のキャパシティを越えたのだろう。だが、この件について遠慮はしないと決めている。

　俺は足元に落ちた眼鏡を拾い上げ、正面を切って告げた。

「俺は冷静だよ。何度でも認めてもらうまで来る」

　最後、父は俺に見向きもせず、カバンを持って部屋を出て行った。和田さんが慌てて後を追い、閉まったドアに手を伸ばす。が、彼は一度ドアノブから手を離して俺を振り返った。

「失礼を承知で申し上げますが、こんな短期間で意志をコロコロと変えますと安い熱意だと思われて当然です。代表が感情的になられるのも仕方がありません」

　それだけを言い残し、お辞儀をして父を追っていった。

　部屋にひとりになった俺は、息を長く吐いて天井を仰いだ。

　殴られるかも、とは思っていたが、本当に手が飛んでくるとは思わなかった。親父の顔に泥を塗るような話をすれば、当然だな……。

　俺も、おそらく史奈も、どこか軽い気持ちで引き受けたのだと思う。お互い、こういう方向に転がっていくなど想定していなかったから。

　俺はともかく、彼女だけは周囲に誤解させたくない。仕事や夢にのびやかな彼女が、変な先入観によって魅力を理解してもらえないのは本意じゃない。

口元を引き結び手に力を込めたときに、スマートフォンが震えた。

《おはようございます。昨日はありがとうございました。今日、さっそくコーディネートを考えようと思うので、少しお邪魔させてもらってもいいですか？》

史奈からのメッセージは、数秒前の焦眉《しょうび》の問題を忘れさせ、温かな気持ちになる。

《もちろん。わざわざ連絡ありがとう。今日はたぶん遅くなるから会えないと思うけど、好きに部屋に入って》

メッセージを返すと、またすぐに返信が来た。

《私も明日は仕事なので、早めに帰ります。誠也さんも私を気にせず、どうぞお仕事に専念してください》

ちょっと他人行儀にも感じられる気遣いのメッセージに思わず苦笑を零した。

まあ、文章だと面と向かって会話するのとは変わるのはめずらしい話ではないか。

とはいえ、正直なところ、その距離感が寂しい。

そんな惰弱《だじゃく》な感想を心の内で持っていたら、続けてメッセージがきた。

《誠也さんは今日の夕食の予定は決まっていますか？　ご迷惑じゃなければ、簡単なものを作り置きしようかと思ったのですが》

間を空けて送ってきてくれたメッセージに、年甲斐もなく歓喜する自分がいる。

俺は彼女の申し出に遠慮もせずにお願いし、スマートフォンをしまった。

父の部屋から出た足取りは軽い。

明確な誰かを想って頑張るのは、ここまで力をもらえるものだと、この歳《とし》になって初めて知った。


その日の夜七時過ぎ。残業してもらっていた専属秘書が、ノックをして入ってきた。

「失礼します。眼鏡の修理が終わったので受け取ってまいりました」

「ああ。助かるよ。ありがとう」

父の一打で眼鏡のテンプルが曲がってしまっていたのだ。俺は予備の眼鏡から元の眼鏡に掛け替える。

「それと、依頼されていた大迫社長の件ですが、先方の秘書と連絡がつきました。四日後の月曜日、午後四時なら空いているそうで、ご指示の通り、あちらを優先してアポイントメントを取りました」

「了解。今日も残ってもらってすまないね。僕もそろそろ帰る準備をするから、先に帰っていいよ」

「承知いたしました。本日もお疲れ様でした。お先に失礼させていただきます」

丁寧に挨拶をして去っていく秘書を見届け、再びパソコンのディスプレイに焦点を合わせた。マウスを動かして資料内容を確認する。

三十分ほど集中したのち、ハイバックチェアにもたれ掛かり、長い息を吐いた。

もうすぐ八時か。さすがに史奈はもう家に帰ってるよな。

スマートフォンを手に取って、彼女の名前を表示させる。朝のメッセージ以降、進展はない。

早く安心させてあげたい。昨日、車での彼女はひどく不安そうな顔をしていた。彼女自身も今回のいざこざの一端を担った手前、罪悪感に苛まれているに違いない。事実は消せないが、少しでも彼女の気持ちを軽くしたい。だから、俺が大迫社長ときちんとけじめをつければ、一歩前に進める。

先ほどスマートフォンのスケジュールアプリに入力した月曜の予定を、今一度確認する。それから残っていた諸業務を済ませ、オフィスを後にした。

自宅マンションに着き、玄関に入った瞬間、ほのかに木の香りを感じた。思わず足が止まり、靴を脱ぐのも後回しにして辺りを見る。すると、シューズボックスの上に変化があった。

そこに置かれていたのは、ブリキ製のアンティークデザインの小さな三輪車。そのサドル後ろの荷台に四角い棒状の木が数本乗っていて、造花が添えられている。木と緑。そして、ささやかな花の色。視覚的にとても映えるし、主張しすぎる香りではないところがとてもいい。

無意識に口元を綻ばせ、ようやく靴を脱いだ。いつものように、まずはリビングへ歩いていく。

リビングのドアの数歩手前で、今度は食欲を誘ういい香りに包まれた。ドアを開けて中に入るなり、ダイニングテーブルに目がいった。

濃い茶色のウォルナットのダイニングテーブルには、中央を横断して敷かれた長いファブリック——テーブルランナーがセッティングされている。色は淡いグリーン。薄っすらと見える柄は大きな丸が並んだ北欧ドット柄。それは、広いダイニングに彼女の存在を確かに感じさせ、俺は堪えきれずに笑い声を漏らした。

スーツの上着を脱ぎ、ダイニングチェアの背に掛け、スマートフォンを耳に当てる。

『もしもし？』

僅かに緊張を感じさせる高い声を聞き、頬が緩む。

「もしもし。今、帰ってきたとこなんだ」

スマートフォンを肩で挟み、カフスボタンを外しながら応答する。

『あっ、そうですか。おかえりなさい』

「史奈。俺、今ひとりなのににやけちゃって大変」

『え？　す、すみません……？』

俺の言葉に戸惑った声で答える彼女の表情を想像し、また笑顔が零れる。

「玄関のインテリアとダイニングテーブルでこんなに気持ちに変化があるなんて。自分の家に帰ってきて、こんなにうれしくなったのは初めてだ」

今朝まではいつもと何ら変わらない空間だった。それが、夜には俺の心を満たしてくれる部屋に変わっている。もっと言えば、朝彼女からメッセージがきたときから、ずっと幸福な気持ちでいたとさえ思う。

史奈はほっとしたらしく、落ち着きを取り戻した声音で言った。

『よかったです。玄関のレッドシダーブロックの香りは誠也さんが好きかなあと思ったので』

「ああ。好きな香りだった。それとリビングからもすごくいい匂いがして。まっすぐテーブルまで誘われてきちゃったよ。美味しそうだ」

ダイニングテーブルには、ラップがかけられた肉豆腐。さらに、キャベツの塩昆布《しおこんぶ》和え、卵焼きが並んでいる。

史奈はぼそりと小さな声で返す。

『あ……。特にオシャレなメニューでもなくて恥ずかしいんですけど……』

「そんなことないよ。こういう家庭的な料理が一番好きだ。しかも、史奈が作ってくれたんだ。俺にとっては有名レストランのフルコースよりも価値がある」

『えっ。あ、ありがとうございます。お口に合えばいいんですが……。帰宅が遅くなるようだったので、時間を置くと味が染みる煮物系にしてみました。卵焼きは多ければ明日の朝にでも。キッチンにお味噌汁《みそしる》もあるので、一緒に食べてくださいね』

史奈の弾んだ声を耳に入れ、幸せを噛みしめる。

本当は一緒に食事をし、お礼も直接伝えられたらよかったが仕方がない。

そのとき、ふと気がついた。

「あっ、ごめん。よくよく考えたら、いろいろと用意するのに資金を預け忘れてたね。次会ったときに返すから」

『いえ。どれもブランドものでもないし、食事もひとりぶんだと知れてますので。私からのプレゼントってことで……』

彼女の心遣いに胸の奥が熱くなる。

「そう……？　これまでで一番うれしいプレゼントかもしれない。ありがとう」

『どういたしまして』

今朝までの部屋から、ほんの少し変化しただけだ。

些細なコーディネートで、人の気持ちはこんなにも変わると実感したのは初めてかもしれない。理屈ではわかっていたつもりだし、思っていた通りではある。だが、心が温かくなって安らぎを与えられるこの感覚までは想像しきれていなかった。

それを得た今、仕事ひとつひとつと真摯に向き合いたいと改めて思う。壮麗《そうれい》さを追求するよりも、多くの人にほっとできる場所だと体感してもらえるものを造りたい。

俺はおもむろにテーブルランナーに指を置いてつぶやく。

「玄関やダイニングに史奈を感じられても、やっぱり本物に会いたくなるな」

『え……』

彼女の名残が視界に映る。数時間前までここにいた光景を思い浮かべ、彼女を想う気持ちが募っていく。

「好きだよ」

ありきたりなセリフを言って、空いた手をグッと握りしめる。

本当は、言葉よりもこの手で彼女を感じたかった。

叶わない思いをどうにか理性を働かせて抑えていたら、耳孔《じこう》に甘く掠れた声が届く。

『……私も、です』

胸の奥がどうしようもなく疼くのを感じた。が、カッコつけて冷静な大人を演じる。

「次会うときはお礼をさせて。拒否はなしだよ。楽しみにしてて」

『はい』

「明日仕事なのにごめん。また連絡するよ。おやすみ」

通話を終えた後、「はあ」と息を吐いて静止した。

危うく『今から会いに行く』って言いそうになった。それはさすがに彼女も困ってしまうだろう。

俺は気持ちを切り替えるため、バスルームへ向かった。

シャワーを浴びた後は、彼女の手製の料理を堪能し、至福の時を過ごしたのだった。

9．同じ未来を思い描く

連休を終え、私は変わらぬ日常を送っていた。

手元にある図面を見つめ、頭の隅で昨夜を思い出す。

インテリアコーディネートはともかく、夕食の支度はかなり迷った。でも、あんなに喜んでくれて……勇気を出してよかった。

笑ってしまいそうな口元を、さりげなく手の甲で隠す。シャープペンシルをトン、と図面において作業に戻ったが、またすぐに手を止めた。

一昨日、誠也さんは私たちの事情を報告し、説得する件について『心配しないで』と言っていた。

彼の言う通り、私にできることは限られていて、私は直接的に彼を助けられる力を持っていない。そうは言っても不安を拭えない状態のまま、ただ黙って待っているのは……。

私にはわからないけれど、久織建設も大迫不動産も、お互いに信用を失うと困る存在なんじゃないのかな。当人同士の意思を無視して縁談まで進めようとしていたんだもの。繋がりを強固にすれば、相乗効果を期待できるのだろう。

私たちがきっかけで、両社の印象が悪くなって、関係が悪化したら……。意図せずとも、きっかけを作ってしまった誠也さんの立場も危ぶまれるし、それぞれの会社にもなにかしら影響する可能性は十分ある。

私はひとりで考え込んでいた。そして、ますますなにかをしたい気持ちに駆られ、無意識にそれを仕事にぶつけ始めた。今の私にできるのは、目の前の仕事だけ。幸か不幸か、私はハウスメーカー勤務で久織建設とは近い職種だ。

末端《まったん》の私なんて目にも耳にも入らないだろうけど、万が一って可能性もある。業績を残せば印象も良くなるはず。認めてもらえるかもしれない。

考え出したら止まらなくて、もうそれしかないと思い込む。

せめて、わずかでも彼の足を引っ張らないように、と。


一心不乱に仕事をしていたら時間は過ぎていく。打ち合わせの時間になったので、私は来客室に移動した。

営業社員に紹介される形で、新規のクライアントと初の顔合わせをする。

「初めまして。わたくし、インテリアコーディネートを担当させていただきます如月です。どうぞよろしくお願いいたします」

「城田《しろた》です。こちらこそよろしくお願いします」

二十代後半のやさしそうな雰囲気のご夫婦は、少し緊張した様子で頭を下げ、営業社員はクライアントにひと声かけて退席していった。残された私は改めてお辞儀をして、椅子に座る。

「早速ですが、おうちのイメージはどのようなものかお聞かせいただけますか？　なにかイメージに近い画像等おありでしたら、拝見させてください」

「あ、画像とかは用意してなくて……すみません。ええと、シンプルな雰囲気がいいかなって思っていて」

私の質問に答えてくれたのは奥様のほう。大概《たいがい》、インテリアの部分は女性が意見を出す傾向にある。今回もそういう感じだ。

「シンプルなおうちも素敵ですよね。無駄のないスタイリッシュな感じでしょうか」

「うーん……。機能性があるといいのかなって」

「それでしたら、オススメのメーカーがありますよ。当社を通して注文しますと定価より割引もされますし、よかったらぜひ」

用意していた資料の束からカタログを一冊抜いて、すっと差し出した。女性は受け取ってすぐ、パラパラと中身を眺めてつぶやく。

「へえ……そうなんですね」

「こういう色味の床やドア、照明もシンプル系が多いんですよ。この中でしたら、たとえば」

「あ……とりあえず家でカタログ見てきます。ちょっと急には選べないので。ゆっくり考えたいかな……」

「あ、じゃあ同じメーカーでキッチンやバスルームのものも用意しますね」

そうして初回の打ち合わせはあっという間に終わり、翌日に何度かメールのやりとりをした。私はできるだけわかりやすいようにカタログから画像を抜き出して添付《てんぷ》し、返信をして、次回の打ち合わせの準備を進めていった。

翌日の日曜日。今日は終業後に誠也さんと約束をしている。

昨日と今日は世間では休日のため、接客業である私たち住宅展示場勤務の人間は忙しく過ごしていた。私もなんとか業務をこなし、昼時になった頃に、束の間来客が途絶えた。

ひと息つこうとコーヒーを淹《い》れていたら、宮野さんがやってきた。

「如月、今いい？」

「はい」

「部屋空いてるからちょっと移動しよう」

立ち話じゃ済まない用件とわかった途端、なにを言われるのか不安になる。

私はコーヒーを淹れるのを中断し、宮野さんに続いて来客室に入った。宮野さんはドアを閉めて椅子に腰を掛ける。

「座って」

「は、はい」

心当たりがなくったって、いい話じゃないのを雰囲気で察する。心臓が嫌な音を立てる中、思い当たる節はないか懸命に考えた。が、やっぱりわからない。

すると、宮野さんが私をまっすぐ見て口を開く。

「今日、営業担当にメールが来たそうだ。一昨日、お前が初顔合わせしたクライアントの城田様から」

「えっ。な、なんて来たんですか……？」

特に変な対応はしてないはず。まだ一度しか打ち合わせもしていないし、メールも早めに返信したし……。

「インテリアは勧められたメーカーから選ばなきゃならないのか、と困惑しているような内容だったらしい」

「えっ？」

そんな説明はしてない！　誤解を招く言い方だってしていないはずだ。

動揺している私に、宮野さんは真剣な面持ちで続ける。

「俺はその場にいたわけじゃないから、今から言うことはあくまで俺の憶測だ。お前、無意識にクライアントの意思を操作しようとしてないか？」

「無意識に操作……？　そんなことは……」

「ここ数日の如月、ちょっと違和感あったし。まったく主張するなとは言わないけど、あくまで主役はクライアント。俺たちはサポート役であって、無理な意見はせず謙虚《けんきょ》に仕事をするべきだと思ってる」

「……でも！　イメージはちゃんとお聞きして共有しました」

自分が極端に間違ったやり方をしたと思えなかった。私はクライアントの意向を聞いたうえで提案したはずだ。しかし、私はそれをきちんと宮野さんに説明できなかった。ゆえに、自分は正しいと百パーセント言い切る自信が持てない。

妙な焦燥感と気まずさが胸の中で混沌《こんとん》としている。私が押し黙って俯くと、宮野さんに質問される。

「イメージは聞いただけ？」

「はい。イメージ画などは用意されていなかったので」

「そうか」

宮野さんはひとこと返して、口を閉ざす。時間にすれば、数秒間。宮野さんが無言になった時間が、とても長く感じた。いたたまれない気持ちに耐えていると、ようやく宮野さんが開口した。

「如月。言葉は大事だ。だが、それは絶対じゃない。同じ言葉から、相手と自分がまったく別のイメージを抱えている可能性もある。だからこそ、俺たちは常に相手の思い浮かべる画《え》をより正確に引き出さなければならない」

「まったく、別の……？」

「簡単に言えば、ナチュラルテイストと言ったときにも、明るめのものでも暗めの色でもイメージは作れる」

私は宮野さんの説明を聞いて、ギクッとした。今思えば、ひとつのワードを聞いてすぐ、自分の想像するイメージと同じだと疑いもせず突っ走った感がある。

「相手の求めるものを聞くときほど慎重にならなきゃならない。焦ったり焦らせたりするのはよくないし、力を入れすぎても抜きすぎてもだめだ。如月は最近なんか焦ってなかったか？　仕事への向き合い方ががむしゃらだったように見えてたよ」

宮野さんは諭すように言って、私の目を覗き込んだ。

「もしかすると、なにか久織に影響されてるのか？　だとしたら、やっぱりお前は一緒にいるべきじゃない。ここでコーディネートする限り、それは悪影響だ」

正面を切ってはっきりと言われ、大きな衝撃を受ける。

頭では理解できてる。それに、今回こうなったのは誠也さんにはまったく非はなくて、全部私自身の責任だ。わかっていても、気持ちがついていかない。荒《すさ》んだ感情があふれ出て、思わず口から零してしまう。

「仕事を頑張ろうって思うのは悪影響なんですか」

ただ私は一歩でも前に進みたくて頑張っていただけなのに。

それが言いわけだと冷静になればわかるものが、今の私は認められなくて、認めたくなくて。意地を張ってしまった。

「え？　なんだって？」

「いえ。すみませんでした。以後気をつけます」

さすがに二度は言わず、深く頭を下げて話を終わらせた。自席に戻り、悶々とした状態でパソコンに向かう。

やっぱり久織設備の社長と一ハウスメーカーのインテリアコーディネーターじゃ世界が違う。こんなんじゃ、ずっと自信のない状態で彼の隣にいて……そのうち勝手にプレッシャーに押し負けて、一緒にいるのがつらくなっていきそう。そんなのは嫌。

だけど……もっと嫌なのは、彼の仕事の邪魔になること。

私が彼に惹かれた部分は、仕事に対する熱意と誠実さ。彼が自分の思い描く未来を語るだけで、無条件に応援したくなる魅力を持ってる。そういうところが私にも力を与えてくれる。

誠也さんを思うほど自分の不甲斐《ふがい》なさが浮き彫りになるのを感じ、私は完全に意気《いき》消沈《しょうちん》してしまった。


気づけば定時を過ぎていた。私はその後も少しだけ残り、七時前に退勤した。

職場を出て、これから彼と会えるというのに気持ちは沈んだまま。自分でも浮かない顔をしているんだろうと鏡を見ずともわかるくらい。

ひとまず駅に着いたところで、ようやく誠也さんへ連絡を入れた。事前に大体七時前後に職場を出るから、終わったら連絡するって伝えていたのに。なんだか気が進まなくて今になったのだ。

メッセージを送信してすぐ誠也さんから電話が掛かってきた。私は開口一番に謝る。

「もしもし。遅くなってすみません」

『いや、大丈夫。お疲れ様。今、職場の近く？』

誠也さんの穏やかな声が、今日は聞いていて胸に鈍い痛みを覚える。

私は平静を装って、普段通りに返した。

「はい。駅に着いたところです」

『あ、まだ改札通ってないよね？　中に入らないで』

駅に入りかけていた私は、ぴたりと足を止めて後ろを振り返る。

「えっ」

『近くまで迎えに来てるんだ。駅裏の駐車場まで来れるかな？』

「はい。少し待っててください」

一度電話を切って、小走りで急ぐ。近くに着いたらまた連絡しようかと思っていたけれど、彼の車をすぐに見つけた。私はナビシート側の窓からひょこっと顔を覗かせ、誠也さんがこちらに気づいてからドアを開ける。

「すみません。まさか迎えに来てもらっているって知らなくて……。だいぶ待ちましたか？」

「いいや。少し前に着いたから。俺が言わなかっただけだし気にしないで」

こういう返しも本当にスマートで、いつも広い心と大人な対応でやさしく包んでくれる。居心地のよさに甘えて守ってもらうことに慣れてしまってはいけないのに。

「今夜は行き先決めてるんだ。喜んでもらえたらいいんだけど」

「え？　どこだろう……」

「すぐ着くよ」

誠也さんはニッと笑って車を走らせる。約十五分後、到着したのは一軒の古民家だった。車から降りて、二階建ての木造の家を見上げる。

特に目立つ看板もない。窓からは中の灯りが見えるから、誰かはいるみたいだ。

「ここって……？」

「まず中に入ろう」

誠也さんは低めの入り口の引き戸を開け、頭を下げて通っていく。私も続いて足を踏み入れた。

古い建物特有の匂いがすると思い込んで入ってみれば、予想に反して香《かぐわ》しい匂いに包まれ驚いた。瞬間、ここは料理店なのだと察する。

よくよく建物内を見たら手入れが行き届いているし、生活感のあるインテリアが一切ないのもそう思った理由だ。

内装も外観と同じく、渋みのある木の柱や梁《はり》が使われていた。年季の入った趣《おもむき》のある雰囲気に、どこか懐かしささえ感じられる。高い天井から垂れた照明は、和紙で出来たペンダントライト。この建物にうまく溶け込んでいて、すごく素敵。

誠也さんについて歩き、奥の部屋に入るなり、ひとつのテーブルに注目した。

「ここはお店なんですね。すごくおしゃれ」

テーブル上にはカトラリーや皿、ナプキンがきっちりとセッティングされている。中央にはさりげない大きさのキャンドルが置かれていて、炎が揺らめいて幻想的。キャンドルの横には、ショットグラスに活《い》けたカスミソウが飾られていた。それは深紅《しんく》色のテーブルクロスにとてもよく映えている。

「そう。ランチタイムとディナータイムそれぞれ一日一組限定なんだ。有名ホテルでシェフをしていた人がひとりで作ってるからね。彼とは昔ちょっと縁があって。それからときどき足を運んでるんだ」

「そんな腕のある方が……。それにしても、建物の雰囲気から洋食が出てくるとはすぐに想像できませんよね」

「総料理長を務めるくらいの人で、綺麗で繊細な素晴らしい料理を作ってくれる。それを食べた後には、今抱いてる違和感はきっとなくなるよ」

「へえ……」

そのとき、コックコートを纏った五十代後半くらいの男性が現れた。

いわゆる職人という感じの男性は、笑顔はないものの立ち居振る舞いが美しく、私たちに恭《うやうや》しく頭を下げる。

「いらっしゃいませ」

「こんばんは。お元気でしたか」

「まあ一日中フライパンを持てるくらいには。オーダーのご希望は？」

ふたりの会話からは親しさが垣間見える。

「史奈、なにか好きなものや食べたいものはある？」

「え！　な、なんだろう……お肉とか？」

ふいに会話がこちらに飛んできて、私はおどおどと答えた。それを聞いたシェフがスッと会釈する。

「メインは肉料理で。かしこまりました。ほかには？」

「あとはおまかせで。史奈、飲み物は？　ワイン頼もうか？」

「でも、誠也さんは飲めないから……」

「気を使わなくていいよ。赤？　白？」

お酒は好きなほうだけど、車の運転をしなきゃならない誠也さんを前にしてまで飲みたい欲求はない。そう思って遠慮しても、やっぱり誠也さんには敵わない。シェフの前だし、ここは素直に厚意に甘えたほうが良さそう。

「じゃあ……赤ワインをお願いします」

「かしこまりました。ではお待ちください」

シェフが下がってから、シェフと同じくらいの年代の女性がにこやかに水を運んできた。どうやらご夫婦で経営しているっぽい。

「本当にフレンチなんですね。建物の印象とのギャップがすごい」

「だよね。でもシェフの料理はちゃんと和の要素もあるから、案外ミスマッチじゃないんだよ」

ノスタルジックな雰囲気の中にいる誠也さんは、いつもにも増して大人の色気がすごい。微笑みかけられるだけで、妙に胸がドキドキしちゃって、ちゃんと目を見ていられない。

「へ、へえ。それにしても、手入れは行き届いているし、インテリアも不揃《ふぞろ》いでいてどこか溶け込んでるような……すごくおしゃれですよね」

「木造であるこの建物のすべては、長い時間が作りだしたものだから。一朝一夕《いっちょういっせき》では到底真似できない特別な空間だよ」

そう言って破顔する彼に、私は恥ずかしさも忘れて見惚れていた。

それから、芸術品のような前菜や深みのあるスープなどたくさんの料理を堪能した。

誠也さんが言った通り、ところどころ和の食材や隠し味が使用されていたみたいで、どれも味わい深く、見た目も味も最高だった。

私はデザートまで美味しくいただき、ほくほくした気持ちで車に乗った。

「素晴らしかったです。味はもちろん、店自体も。連れてきてくれてありがとうございました」

「気に入ってもらえてよかった。俺も料理だけじゃなく店の景観や空気が好きなんだ。静寂《せいじゃく》と古き良き感じに心が落ち着く」

眼鏡の奥の瞳を柔らかく細める彼を見て、本当にここが好きなのだと感じた。誠也さんはエンジンを掛けず、遠くを見つめてさらに続けた。

「俺、思うんだ。心地のいい空間は必ずしも新しくて綺麗なものじゃなくてもいい。

それぞれの魅力を活かせばいいし、みんな同じようにする必要もないって」

「はい」

「ビジネスだから数やスピードは大事だけど、やっぱりひとつひとつ向き合っていきたいなあと改めて思うよ」

彼の言葉が胸に刺さる。癒しの空間と料理で、誠也さんに会う直前まで抱えていた鬱々《うつうつ》とした感情をすっかり忘れていた。

ひとつひとつ向き合う……。私、自分ではやっているつもりでいて、疎かにしてたんだ。宮野さんもそれに気づいて注意してくれたのに、私はむきになるばかりで素直に聞き入れられなくて。ここ数日の私は先ばかり見ていた。今は苛立ちや劣等感よりも情けなさが占めている。

「俺には言えない？」

「えっ……」

知らぬうち俯いていた私は、彼に語りかけられて顔を上げた。

「今日、待ち合わせの電話のときから少し元気がなかっただろう？　食事をして気分転換になったと思ったけど、やっぱりそんな簡単な話じゃなかったみたいだね」

誠也さんの洞察力に驚愕して、大きく目を見開いて固まった。ただ彼を見つめるだけでなにから伝えるべきか、すぐには整理できなくてしばらく無言になっていた。

先に言葉を発したのは誠也さん。

「……いや。無理に聞き出そうとは思ってないから」

「不安で……っ」

彼がシフトボタンに手を触れようと動いた瞬間、私は嗚咽《おえつ》するような声を上げた。

どうしても彼の目を正面から見て話せなくて、視線を落として本音を吐き出す。

「自分には特別なにかあるわけじゃないし……不安で仕方がないんです」

この感情は自分で処理しなきゃと思っていた。仕事と同じで、誰かに助けてもらっていたらいつまでもひとり立ちできない、と。立派な立場の彼を支えられる力量を持てる女性には程遠いと感じて。でも今、誠也さんが『俺には言えない？』って言ったとき、すごく困った顔をさせた。寂しそうな声音を吐かせてしまったから。

結局、どちらにしても彼を振り回すことになるなら、意地も恥も取っ払って胸の内を晒そうと思い至った。

「それは具体的にどう不安なの？」

誠也さんはゆっくりと落ち着いた声で尋ねる。

私はこの期《ご》に及《およ》んでも、彼のやさしさに縋っていいものか葛藤する。

そろりと頭を戻し、再び彼の双眸を見た途端、涙がこみ上げてきた。

「実力どころか自信すらない私と比べて、誠也さんは眩しすぎる」

どうして今さら。彼を好きだと認めた頃からわかっていたじゃない。立場が違う。出会い方が普通と違う。それらは自分にとって乗り越えるべき問題だって。頑張れるって。そう覚悟して自ら彼の手を取ったのに。

「せめて仕事を頑張ろうとしたのに……空回りして失敗しちゃって」

目頭が熱くなって、私は顔を隠すために彼から身体を背けて続ける。

「苦しいんです。わかっているのに……。あなたと私は元々違うって。差があるって。自分への風当たりが強くなっても構わない。ただ誠也さんの重荷になるのは耐えられない。あなたの邪魔にはなりたくない」

はっきりと口に出すと、ますます落ち込んだ。

「……だけど、離れたくない」

欲張りだよね。全部わかってる。それでも私は夢も仕事も、誠也さんとの未来も、どうしても手放せない。

苦しくてきつく目を閉じながら、彼の反応を待つ。

「そう。きっと肩に力を入れすぎたんだね。誰にだって一度は経験のある話だよ。そんなに自分を責めないで」

傷だらけの心を癒す温かみのある声と、丁寧に私の頭を撫でる大きな手に不覚にも涙を誘われる。

「俺は史奈の仕事を直接見てはいない。それでも焦って背伸びしなくても、ありのまま向き合えばいいと思う。史奈は才能がある。史奈の思い描く未来図は、聞いていて興味を駆り立てられる。きっと史奈に託したくなるクライアントはいるはずだ」

私は下唇を噛むのをやめて、ゆっくり彼を振り返った。

誠也さんが言うと、希望が見えてくる。

私と一緒にコーディネートを考えられてよかったって思ってくれるクライアントと出会えたら、インテリアコーディネーター冥利《みょうり》に尽きる。そこまでになるために、相当な勉強と努力が必要だ。時間がいくらあっても足りない。私のペースじゃ、誠也さんに到底追いつけない。

膝でぎゅうっと握りしめていた拳に、誠也さんが手を重ねた。

「焦る気持ちは痛いほどわかる。俺もつい最近同じように思っていたから」

「……誠也さんが？」

それも今の役職に就任した当初とかではなく、最近？　にわかには信じがたい。

誠也さんは一度確かに頷き、苦笑する。

「史奈の先輩が出てきたときとかね。動揺して仕事も手につかなかった」

「ええっ!?」

「だけど、宣戦布告を受けて闘志に火がついた。頭の中は急に冷静になって、亜理沙さんへ連絡も取ったし、やるべき仕事にいっそう集中したよ。父らを納得させるため、大迫氏に許してもらうためにも」

真剣な目をしていた誠也さんが、私を見てふっと相好を崩す。

「うまくいくか不安はある。が、焦る気持ちを抑えて一歩ずつ確実に進まないとね。大丈夫。何度でもやり直せる。失敗は次に進む糧《かて》になる。必ず」

「必ず……?」

「うん。史奈はまだこれからだ。ずっと長く続けていくんだろう? 今の仕事を」

誠也さんが当然のごとく口にした言葉に、私は背中を押される。

「はい」

私が迷いのない返答をしたからか、彼は極上の笑みを浮かべた。

「いつか史奈がもっと可能性を広げた先に、うちの会社とも縁があれば一緒に仕事をしたい」

急に伝えられた思いにびっくりした。

私たちは似た業界にはいるものの、現段階では直接かかわる可能性はないに等しい。うちと久織設備との規模はかなり違う。けれども、彼の言葉はお世辞ではない。本当にそう思ってくれていると感じる。

「なんらかの形で一緒にひとつのものを作れたら……すごく面白そうです。今はまだ想像すらできませんけど」

私だって、誠也さんの仕事を近くで見てみたい。以前、彼の口から語られる仕事への熱意は私の胸を熱くさせたのだから。

「お互いに一歩ずつ進んでいこう。大丈夫。俺はどんなときもあなたのそばにいるよ」

誠也さんの柔和な微笑みが視界に入るなり、頬に涙が伝った。

「クライアントにも誠也さんにも必要とされれば……そんな幸せなことはないです」

『そばにいる』。たったひとことで、私の不安な思いを溶かしてくれる。

一時間ほど掛けて、誠也さんはまた私を自宅まで送ってくれた。

アパートの手前で車を停めた後、切り出される。

「一応報告しておくよ。明日、大迫氏と会ってくる。史奈、気にしていただろう？」

「えっ……。それ、私も同行させてください！」

すぐさま願い出ると、誠也さんは目を白黒させた。

「でも亜理沙さんは？　史奈が一緒に行けば、亜理沙さんが代わりを頼んだ発端だって知られてしまう。彼女はお見合いの代役については明かしていないんだろう？」

「たぶん大丈夫です。この間、亜理沙は自分ですべて話すって言っていたから。私も結果的に混乱を招いた根源ですし、ひとこと謝罪を」

今回の一連の話は、私も逃げずにきちんとけじめをつけるべきだ。

私は懇願の眼差しを向け続ける。誠也さんは根負《こんま》けしたのか、「ふう」と息をついて、ひとこと答えた。

「……わかった」

「ありがとうございます！　明日はちょうど休みなので、時間は合わせられます」

「午後四時の約束だ。場所は大迫不動産本社へ行く予定」

「わかりました。遅れずに必ず行きます」

亜理沙のお母さんには会ったことはあっても、お父さんはない。まさか親友の父親との初対面がこんな流れになるとは思いもしなかった。

やっぱり不安はある。けど、亜理沙もきっと同じ気持ちでいる。

「彼女……大迫亜理沙さんにも、先に断っておいたほうがいいかもね」

「そうですね。今夜連絡しておきます」

誠也さんって、本当に常に冷静で頼れる人だなあ。私が一緒に行きたいってお願いしても、突っぱねたりしなかった。さらに、瞬時に亜理沙の事情まで考慮してくれて。

自分の気持ちを優先してすぐ感情的になる私は、彼を見習ったほうがいいな。

自分の反省点と同時に誠也さんの長所に感心していたら、ぱちっと視線が合った。

彼のさわやかな笑顔から目が離せない。

「やっぱり史奈は、ここぞというときははっきり言うな。自分の気持ちにまっすぐで。そういうところが好きだ」

さらりと出てきたセリフに動転した。照れくさくてドキドキして、思わず誠也さんを直視していられずに瞼を伏せた。刹那、彼は私の頬をするっと撫でていき、後頭部にその手を添える。瞳に映さなくても、彼との距離がいっそう近くなっているのは雰囲気で感じ取れた。

「なにがあってもそばにいて。俺も絶対に離さないから」

艶めいた低音に心臓が跳ねた。

そっと目線を上げていくと、煽情《せんじょう》的な熱い双眸に捕まって——。

「ん、ん……っ」

アパートはすぐそこなのに。

しかし、理性も頭から一瞬で吹き飛ぶくらい、気持ちは高揚していた。重ねられた箇所から熱が灯り、瞬く間に全身に広がっていく。深く探られ、支配される心地に酔いしれた。

ゆっくりと彼の唇が離れていった後、燻《くすぶ》る欲を持て余して眉根を寄せた。しばらく黙って感情を制御しようとしたけれど。

「……そんな」

「史奈？」

「そんなふうにされたら、もっと一緒にいたくなっちゃうじゃないですか」

言った直後、恥ずかしくて逃げてしまいたくなった。

だけど、仕方ないじゃない。誠也さんがあんな瞳をするから……。甘い言葉をささやいて、官能的なキスなんかするから。

ふいっと顔を背けてすぐ、隣からカチッとシートベルトを外す音が聞こえた。自由になった誠也さんは身体を乗り出し、私の顎を捕らえた。くい、と振り向かされてすぐ、噛みつくようなキスで襲われる。

「んっ……あ」

いつもやさしく落ち着いた彼からは想像できない激しいキス。

私は彼の変化に煽られていた。自らも唇を重ね、彼の上着を掴んで離さない。

「誠也、さ……ん」

徐々に酸欠《さんけつ》になってきた私は、掠れ声で彼の名を呼び、薄っすらと開いた目で見つめた。誠也さんは両手で私の顔を包み込む。

「俺はずっと忍耐力のあるほうと思ってきたが、どうやらあなたの前では違うらしい」

言いながら、親指で私の唇をなぞっていく。左の口端まで到達するや否や、再び静かな車内に互いの吐息が零れ落ちた。いよいよ頭の奥がぼーっとしてきたところで、広い胸に抱き寄せられる。

「俺はいつでも史奈を迎え入れる準備はできてるよ」

私の髪を梳《す》いていく指先が心地いい。

「……明日、母に改めて日程を確認してみます」

「ん。待ってる」

あまりに気持ちがよくて、なかなか離れられずにいたら誠也さんが苦笑した。

「史奈、そろそろ帰らないと」

「あ。ごめんなさい。誠也さんの帰りが遅くなりますもんね」

慌てて身体を離して謝った矢先、首の後ろに手が巻きついてきた。びっくりしている間に、唇が軽く触れる。

「そうじゃない。俺が家に連れて帰りたくなるから、今のうちに早くって意味」

私は耳まで熱くなるのを感じ、どぎまぎしながら車を降りた。

「着いたら連絡する。それじゃ」

彼は下げたウインドウ越しに手を振ると、笑顔を残して去っていった。

私は車が見えなくなっても、しばらく留まっていた。

感情が豊かになれば、仕事にいい影響をもたらす気がする。今日、めちゃくちゃ落ち込んで八方塞がりになった気持ちで苦しかったのが、今は嘘みたいに心が軽い。

大丈夫だ。私は明日からまた頑張れる。


一夜明けて月曜日を迎えた。

私は余裕をもって移動して、かなり早めに大迫不動産の最寄り駅に到着した。

大迫不動産の本社ビルまではまだ距離があるにもかかわらず、超高層ビルのため遠くからでもしっかり視界に入る。

ここからでも高いのがわかるのに、間近まで行ったらどんな感じなんだろう。最上階からは、東京タワーの展望台くらいの景色が見られるんだろうか。亜理沙も今はあのビルのどこかで仕事をしているはず。

「史奈」

突然掛けられた声は、すぐに誰のものかわかる。私は目を大きくさせて振り返った。

「せ、誠也さん？　どうして……。電車で来たんですか？」

「いや、ギリギリまで仕事してたから秘書に送ってもらった」

「送ってもらって……？　でもここ、目的地から若干離れてますよ？」

「史奈は駅から来るって思ったから。俺の読み、当たってたね」

屈託なく笑う誠也さんの姿を見ると、これから亜理沙のお父さんへ大事な話をしに行く前だと言うのに緊張感が抜ける。

「史奈は休みなのにスーツ着てきたの？」

「あ、はい。一番間違いがないかと思って」

スーツは仕事柄着慣れてる。大きな会社だし、自信のない私服だと悪目立ちするかもと考えて、無難《ぶなん》なほうを選んだ。何事もありませんようにと願いを込めて、髪には誠也さんからもらったバレッタを着けてきた。

「そう。亜理沙さんはなにか言ってた？」

誠也さんに心配そうに尋ねられ、私は昨夜を思い返して答える。

「事の始まりについてはもう話したと聞きました。そうしたら、衝撃的すぎたのか『そうだったのか』ってひとこと言われただけで、あとはなにも……って」

なんとなく、亜理沙からはお父さんの反応がいまいちだったせいか不穏な印象を受けた。亜理沙の不安が移って、私も昨日からずっと気持ちが落ち着かない。今日、私たちが今回の一件をどうにかうまく着地させられたらいいんだけれど……。

「史奈。ちょっとあそこに寄っていこう。あまり早くに訪ねるのも失礼だから」

誠也さんはさりげなく私の手を取り、近くのカフェに足を向けた。

店内に入り、注文をして席に着く。私は誠也さんからカフェラテを受け取った。

「ありがとうございます」

「どういたしまして。たまたま入ったけど、ここ面白いね」

誠也さんはコーヒーを飲みながら、店内を見回して言った。

彼がそういった感想を持つのもわかる。店内は、床から壁、果ては天井にまで絵が描かれている。カラフルで力強い筆のタッチが印象的だった。

「見ていて飽きませんね。インテリアも派手な色使いのものが多くても違和感ないのは、店内自体のデザインが斬新《ざんしん》だからですね」

ゆっくり落ち着きたいときにはそぐわないかもしれないが、元気を出したいときにはぴったりな感じ。

すると、誠也さんが柔らかい表情でつぶやいた。

「オーストラリアで少し似たカフェを見たな」

「オーストラリアって、この前行ったときですか？」

今日も着けてるバレッタのお土産。これをくれた出張の行き先は、オーストラリアだった。

誠也さんはおもむろに長い足を組み、壁に描かれた絵を見つめる。絵の向こう側に、なにかを思い返しているみたい。とてもやさしく、反面どこか切なさを滲ませる瞳で遠くを見たまま口を開く。

「ああ。そこは全面緑色だった。ただ、一色の緑じゃなくて。明るいものや深みのあるもの、様々《さまざま》な緑が幾重《いくえ》にも重ねられてた」

「全面で幾重にも……？　緑が好きなオーナーなんですかね？」

私が小首を傾げて聞くと、誠也さんは店内の壁から視線を私に戻す。

「いや……。近所の住民――特に子どもたちが描いていくらしい」

「住民が？　キャンバスとして無料開放してるとか？」

地域密着型のカフェなのかな、と予想してみたものの、誠也さんが軽く首を横に振った。

「ちょっと違う。オーナーの声掛けで多くの人が描いていくんだ。オーストラリアの森林がこれ以上減少しないように願いを込めて」

彼は憂い気に睫毛を伏せ、切々《せつせつ》と続ける。

「気候変動の影響が深刻なんだ。落雷による森林火災の頻度《ひんど》が増えてる。だけど、自然災害だけじゃなく、森林伐採《ばっさい》も大きな影響を及ぼしてる」

オーストラリアがそこまで深刻な状況に直面しているなんて……。なんとなく、自然が多いイメージからそういう問題を抱えているとは考えもしなかった。

日常生活で、特別資源の無駄遣いをしてはいないと思ってる。でも私はそれだけだ。普段仕事でかかわる家やインテリアは、木材と大きく関係している。その事実は当たり前すぎて疑問に思ったりもしなかった。家を建てて好きなインテリアを置くのが当然になっていた。

資源は無限にあるものじゃない。それは考えればすぐわかること。忘れて過ごしていたのが恥ずかしい。罪悪感を抱かずにいられない。

「私、今までなにも考えずに……」

「今からなにかしようと思えばできる。それがたとえ些細なことでも」

誠也さんは、落ち込む私にニコッと笑いかける。

やっぱり一企業を任されている人は常に視野が違う。私は世界の建築物が好きだけれど、単純に建物を見ているだけだった。

「人は利便性を求めるし、それが生活の豊かさに変わる。そうなるとますます世界の深刻さは忘れられがちになるけれど、せめて〝緑っていいな。大事だな〟って感覚だけは身近にあってほしい」

コーディネートを考えるときに、緑色をちょっと取り入れたら綺麗だなって思ってた。漠然とした感覚でそうしてきた。その些細な行動が、今彼が口にした希望に少しは役立てるかもしれない。居心地がいいと感じたら、もう少し緑を増やしたいって思う人もいたりして……。

小さな積み重ねが、どう繋がっていくかは誰にもわからないんだから。

「なんて、ちょっと熱くなりすぎた。ごめん。飲み物冷めちゃったね」

「……いえ。やっぱり、私はあなたと一緒にいられてよかったって思いました」

公私ともに学ぶべきところが多くある。それでいて、一緒にいてときめいたり、安らいだり……。誠也さんは私にたくさんのものを与えてくれる。私の世界が豊かになっていくのがわかる。

まだ解決していない問題はある。けれど、彼を好きになったことを後悔したりはしない。

私が真剣に伝えると、誠也さんは目を丸くしたあと、面映《おもはゆ》げに笑った。

「さてと。気持ちは落ち着いた？」

「え？」

私はきょとんとして空になったカップをテーブルに戻す。

「外で会ったときは、やっぱりかなり強張った顔してたから」

「やっぱりって……。もしかして、そのために早く来てくれたんですか……？」

そうだよ。だって、初めから仕事が立て込んでて秘書の人に送ってもらう予定だったのなら、もっと時間ギリギリでよかったはず。

私の言葉を聞いた彼は、ただ黙って微笑んだ。

カフェを出た私たちは、いよいよ前方に見えるビルを目指す。数分歩いてビルの真下に立ったら、より会社の大きさを実感して身震いした。

亜理沙の家は大きな会社を経営しているって昔から聞いていたし、大迫不動産の名前だって当然知ってはいた。が、実際本社に訪れる機会なんてなかったから。せっかく、さっき誠也さんが気遣って気持ちを切り替えさせてくれたのに、すぐに緊張してしまう。

「大丈夫。ひとりじゃないよ」

心臓が飛び出そうなほど硬直していた私が、彼のひとことで心が和らぐ。私は誠也さんを見上げ、こくっと頷いた。次の瞬間、誠也さんが口の端を上げる。

「俺も史奈がいて心強い」

私に合わせて言った言葉だったとしても、とてもうれしい。私が誠也さんに感じる安心と同じものを、私も彼に与えられていると思えば自信が漲《みなぎ》る。

誠也さんの一歩後ろをついて歩く。広いロビーに入り、誠也さんが受付の女性に話を通した。少し待つように言われた数分後、秘書らしき女性が奥からやってきた。

「お待たせして申し訳ございません。大迫は社長室におりますので、わたくしがご案内いたします。どうぞこちらへ」

ベテラン秘書っぽい雰囲気の女性についていき、エレベーターに乗った。予想通り、社長室は最上階。点灯した三十五階のボタンを見て、再び緊張が高まる。

そわそわと落ち着かなくなりそうだったときに、誠也さんと目が合った。彼は眼鏡の奥の瞳を、僅かに柔らかく細める。私はそれだけで冷静さを取り戻せた。

「こちらです」

女性が社長室の扉を開けた。スタイリッシュなプレートやドアは、高級感も醸《かも》し出《だ》していて自然と背筋が伸びる。人生で〝社長室〟なんて場所に足を踏み入れる機会などないと思ってた。まさか自分が勤める会社以外の社長室に訪れるとは。

「失礼いたします」

誠也さんの凛とした声に、空気がピンと張り詰めた。私も同じ言葉を繰り返し、頭を下げたけれど、まったく余裕がなかった。

十畳以上ありそうな部屋には、重厚感のあるデスクと革張りの椅子。もちろん、腰を掛けているのは亜理沙のお父さんで大迫不動産の社長だ。

「本日はお時間をいただきまして、ありがとうございます」

非日常的な空間に圧倒されて立っているのがやっとな私は、もう誠也さんに任せるほかなかった。誠也さんはやはり場慣れしているらしく、物怖《ものお》じせずに至っていつも通りの雰囲気。物腰も柔らかで、緊張している素振《そぶ》りは一切見られない。

私ひとりカチコチに固まっていたら、大迫社長がギッと椅子を鳴らして立ち上がる。

「いや。連絡をくれてたのに、不在で約束ができなくて申し訳なかったね。どうぞ、そこに掛けて。ああ、君は下がっていていいよ」

大迫社長が秘書の女性に部屋から出るよう指示をした直後、ぱちっと視線がぶつかった。

「君は……？」

「私、亜理沙さんの友人の如月史奈と申します。亜理沙さんとは小学校の頃から仲良くさせてもらっています。あっ……ほ、本日はお詫びに上がりました！」

直立不動のまま上擦《うわず》った声で答えると、大迫社長は眉をひそめた。

「お詫び？」

不思議そうに聞き返され、肩を竦める。

「はい。亜理沙さんと久織亮さんとの顔合わせに、私が代役を安請け合いをしたので……。しかも……亜理沙さんや大迫社長の立場もあるのに、私は亮さんの代わりに来ていた誠也さんに好意を抱いてしまいました」

私は大迫社長から目を逸らさず、まっすぐ向き合って言い切った。

気まずさのあまり俯いてしまいたかった。しかし、それこそ誠意のない態度になる。

私の言葉に続き、誠也さんが口を開く。

「大迫社長。先日のお願いを取り下げさせていただきたく参りました。僕は如月史奈さんを本物の亜理沙さんと勘違いしていました。僕が本当に心を奪われたのは、隣にいる彼女なんです。大迫亜理沙さんの名を騙っていた彼女にひと目惚れをしたのです」

彼の真摯な横顔に心を打たれる。こんなにまっすぐ想ってもらえているのを目の当たりにしたら、どんな困難だって立ち向かって乗り越えられるに違いない。

彼が深く頭を下げたのを見て、私も同様にした。

「僕がひとりで先走ったがために、大迫社長に大変不愉快な思いをさせてしまいました。厳しい批判も甘んじて受け入れ……」

「こちらこそ、本当に申し訳ない」

突然、誠也さんの言葉を遮って、大迫社長が旋毛《つむじ》を見せた。私たちはなにが起きたのかと驚いて、思わずこっそり目を見合わせる。

「最近になって、すべてを聞いた。うちの娘が……いや。私が初めから曖昧な態度で見合い話を受け入れたせいで……こんな結果を招いたんだ」

大迫社長はゆっくりと顔を戻しつつ、滾々《こんこん》と話す。

「つい欲が出た、というのが本音だ。久織建設は我が社にとって魅力のある企業だからね。そんな下心のせいで、娘だけでなく君たちをも振り回してしまって……」

大迫社長が後悔を滲ませて口を引き結ぶ。

「魅力的なのは御社も同様です」

誠也さんが大迫社長へ、スッとなにかを差し出した。書類のようなものだ。

「僕がずっと計画してきたプロジェクトです。僕はこれをぜひ、御社と遂行したいと思っておりました。ご検討いただけますでしょうか」

「うちと？」

「今回の一件で御社と疎遠《そえん》になるのはあまりに惜しく……。僕への印象が悪かったとしても、一企業の代表として仕事のお話は聞いていただこうと心に決めていました」

誠也さんは曇りのない表情で、大迫社長と向き合っていた。

彼の姿には、いざこざをごまかしてうまく丸め込もうだなんて雰囲気は微塵もない。

誠也さんの本気を受け止めてもらえるのかハラハラして見守っていたら、大迫社長が書類を受け取った。

「承知した。近日中に確認して必ず返事をしよう」

大迫社長の返事にほっと胸を撫で下ろし、誠也さんを横目で見た。彼はとても美しいお辞儀をし、「何卒《なにとぞ》よろしくお願いいたします」と挨拶した。

「ああ、如月さん」

「はっ、はい」

緊張の場面が終わったと気を抜いていたとき、声を掛けられて肩を上げる。大迫社長と向き合うと、相好を崩していて驚いた。やさしい笑顔は亜理沙と似ている。

「娘から一部始終《いちぶしじゅう》を聞いている。すべて私たち親子に責任がある。君が詫びる理由などなにもないよ。安心して彼と一緒になればいい」

大迫社長の最後の言葉に赤面《せきめん》してしまう。表情を引きしめ直していたら、さらに言われる。

「こんなことに巻き込んでしまって言う立場ではないが、これからも亜理沙と仲良くしてもらえるかい？」

大迫社長の頼みは、私にとって容易いものだ。私は大きく頷いた。

「もちろんです。私にとって亜理沙さんの代わりはいませんから」

私たちは社長室を後にし、エレベーターで一階へ降りる。ロビーに出たところで、どこからか名前を呼ばれた。

「史奈ちゃん！」

「亜理沙!?」

きょろきょろと辺りを見回すと、ロビーに設置されていた椅子のほうから制服姿の亜理沙が駆け寄ってきた。ビル内にいるとは思っていたけれど、会えるとは思わなかったため声を上げてしまった。

「ごめんね。本当はパパより先に会いたかったのに、急ぎの仕事が立て込んじゃって……。もう行ってきたんだよね？　大丈夫だったよね？」

亜理沙は私の手を両手で握って大きな瞳を潤ませ、心配そうにこちらを窺ってくる。

「うん。大丈夫だった。亜理沙がちゃんとフォローしてくれてたおかげ」

「だって私のせいだもの。少しでも史奈ちゃんの力にならなきゃ合わす顔がないわ」

「ありがとう」

「誠也さん。私、ふたりを見守るくらいしかできませんが、ずっと応援しますから！」

亜理沙にエールを送られた誠也さんは、「どうもありがとう」と微笑んだ。

ちょっとした場面だけど、こんなふうに亜理沙が男の人に自ら話しかけるのはきっと今までなかった。亜理沙の変化を実際に見て、自分のことのようにうれしくなった。

「じゃあ私、もう戻らなきゃ」

「亜理沙。また今度美味しいもの食べに行こう。連絡する」

忙しなく立ち去ろうとする亜理沙を呼び止めたら、亜理沙は満面の笑みで手を振ってくれた。

私は満ち足りた気持ちで誠也さんと一緒に外へ出る。

「史奈、このあとの予定は？」

「今日はもうなにもありません。どのくらい長引くかも予想できませんでしたし、終わったあとも脱力していそうだと思って」

大迫社長に会った後の予定なんて考えられなかった。とにかく、メインの件で頭の中はいっぱいだったのだ。

「だったら、俺の家で休むのはどう？」

「え？　会社に戻らなくてもいいんですか？」

「俺も、今日はどうなるか予測不能だったから、予定はなにも入れてないんだ」

誠也さんの笑顔で一気に気が抜ける。

「だったら買い物して帰りませんか？　私、今日一日緊張してまともにご飯食べていなくて」

「そうしよう。俺もまだ夕方だっていうのにお腹空いてきた」

私は誠也さんの顔をちらっと見上げ、もじもじと細い声で答える。

「あの。実は前に言っていたうちの都合ですけど……土日の夜なら大丈夫と言っていて……ご都合はどうですか？」

「本当？　もちろん大丈夫だよ。仕事終わりの史奈を迎えに行って向かえばいいかな」

「はい」

小気味いい緊張感を抱き、自然と顔を綻ばせる。

私は着実に一歩ずつ進んでいると実感して、柔らかな陽を瞳に映して歩いた。


翌日。私は心機一転《しんきいってん》して、抱えていた仕事と向き合った。

城田様には午前中に連絡を取り、昼過ぎにご自宅へ訪問させてもらった。謝罪をし、少し話をしてわだかまりは解けた気がする。次回の打ち合わせの際、インテリアコーディネートも仕切り直しができそうだ。

「お。如月戻ったんだ。どうだった？」

ふいに宮野さんに声を掛けられ、パッと立ち上がり、頭を下げた。

「急に抜けてすみませんでした。城田様と次回のお約束を再確認できたので、引き続き私が担当させてもらえそうです」

「そっか。よかったな。でも」

「ここで終わりじゃない、ですよね？」

私は宮野さんの言葉尻を取って言った。宮野さんは目を丸くして、その後ニッと口の端を上げた。

「いつもの如月に戻ったな。やっぱ、お前はそうやって楽しそうにしてなきゃ」

「本当ご迷惑ばかりお掛けしてすみません」

もう一度お辞儀をした際に、宮野さんの不思議そうな声が落ちてくる。

「ん？　今日コーディネートの話までしてきたのか？　それ城田様の名前だな」

私のデスクの上には、新しく練り直している城田様用のコーディネート案。

「あ、私が勝手に作成してるだけで……。でも、今回は一方的でも思い込みでもないですよ！　さっき玄関先までおじゃましたときに、玄関の雰囲気からなんとなく好みの傾向が伝わってきたので……」

「じゃあ次の打ち合わせの日、それ見せたら城田様驚くだろうな。楽しみだな」

「はい！」

そう。この感覚だ。いつでもわくわくする感じ。自分のもののように一緒に考えて、喜んでくれた瞬間を想像して。だからコーディネーターの仕事はやめられない。

それから、なんだかんだと仕事に追われた。

城田様のお宅へ訪問するためお昼を早めに切り上げた分、少し休憩を取るように宮野さんに指示され、デスクを離れる。

時刻は午後四時過ぎ。飲み物を口に含み、なにげなくスマートフォンを見たら、誠也さんからメッセージがきていた。

開くなり中身が驚くような内容で思わず凍りつく。

《今日、仕事が終わってからで構わないから時間をもらえないかな。父から史奈と一緒に久織の本社へ来るよう言われたんだ》

誠也さんと一緒に久織本社へ!? しかも、誠也さんのお父様から直々《じきじき》に? 近いうちに対面するだろうとはなんとなく覚悟していたとはいえ、まさかこんな急に!

心臓が早鐘を打つ。簡単に気持ちが落ち着くはずもない。

私は大きく深呼吸をし、スマートフォンに視線を落とした。そして彼に返事を送り、茫然として席に戻った。

さっきまで見ていたパソコン画面に映る配線図を、ただ瞳に映し出す。さすがにすぐ切り替えができず、頭の中は真っ白。

わざわざ私まで呼び出すって……当然私にも話があるのだろう。誠也さんのお父様がどんな人かも詳しく知らないうえ、対策する時間すらないのはかなり不利だ。

だからって今さらジタバタしたって仕方がない。小細工なしで真っ向から挑むのみ。

――『そばにいるよ』
あの日の誠也さんの声が胸の奥に蘇る。
大丈夫。私はひとりじゃない。

「史奈。お疲れ様。今日は急な話でごめん」

「いえ。遅くなってすみません」

職場から少し離れた場所で、誠也さんと落ち合う。いつもであれば、仕事を終えた後はお腹が空いているのに、今日はまったくだ。

ナビシートに乗るなり車が走り出すと、ますます緊張が高まっていく。

「今日はなにを言われるんでしょう」

心配すぎて思わずつぶやいた。

「用件をはっきり言われたわけじゃないけど、史奈も一緒にとなれば俺たちの話だね」

「……ですよね」

どこから責められるのか……。やっぱり図々しくも亜理沙に成り代わっていたことか？　いや、やっぱりそれよりも誠也さんと付き合っていることかな。亜理沙《社長令嬢》だと思っていたら、素性も知れず特に秀《ひい》でた取り柄もない一般人が相手と聞かされてって、そりゃあ大きな衝撃だろうし。

　黙って考え事をしていたら、一度ぽんと頭に手を置かれる。

「堂々としていて。史奈の名誉は俺が必ず守るから」

　安心できる大きな手。心が落ち着く温かな眼差し。彼が隣にいてくれたら、どんな窮地《きゅうち》に立たされても前を向いていられそう。

「ありがとうございます。私も可能な限り、誠也さんを守りますね！　頑張ります！」

　真剣な気持ちで返すと、誠也さんは目を丸くしてから笑い出した。

「うん。頼もしいなあ」

　くすくすと笑う彼を見て、過剰《かじょう》な発言をしてしまったと思い、肩を竦める。

　実際私が彼を助けられることなんて皆無《かいむ》だろう。しかし、そういう気持ちだけはしっかりありますって、ちゃんと伝えたくて。

　支えられるばかりではなく、私も出来うる限り誠也さんを守りたい。

　気合いを入れているうちに、気づけば久織建設本社に到着していた。

　大迫不動産よりも、さらに大きく立派なオフィスに圧倒される。私はごくりとつばを飲み、車から降りた。

　誠也さんの案内でエレベーターに乗り、上階へ向かう。次に足を止めた場所はひとつのドアの前。ゴールドステンレス素材のプレートの右端に寄せて、白文字で『社長室』と書かれている。

まさか亜理沙のお父さんに続いて、すぐにまた別の社長室を訪れる状況に置かれるとは思わなかった。心臓が口から飛び出そう。

「いい?」

誠也さんは私の心が落ち着くのを待ってくれていたようで、私の顔を窺って聞いた。私がこくりと頷くと、彼も同様に頷いてドアに手の甲を打ちつける。室内から男性の声が返ってきた瞬間、口を引き結んだ。

「失礼します……えっ」

誠也さんが先に入室した際、なにかに驚く声を上げた。私はどうしたのかと目を瞬かせる。誠也さんの陰からそろりと前方を見てみたら、見覚えのある人が立っていた。

「ああ。ようやく来たか」

そう言ったのは亮さんだった。

彼は本社に勤めているから、ここにいてもおかしくはないんだろう。亮さんの発言からして、たまたま社長室にいて、私たちに出くわしたというわけではなさそうだ。

「兄さんがどうして……」

「どうしてって、俺も当事者だし。いたって不思議じゃないだろう」

亮さんの表情や言葉からは相変わらず考えが読めない。悪い人ではないとわかっていても、状況が状況なだけに警戒する。

「誠也」

渋い声が兄弟の会話をぴたっと止めた。私はその声のした方向へ、恐る恐る視線を向ける。

重厚感のあるデスクから、すっと立ち上がるだけで存在感を放っている。威厳《いげん》のある空気を纏い、怜悧な目は亮さんとそっくり。髪は白髪《しらが》交じりではあるものの、顔立ちや体型から四十代後半くらいに若く見える。

デスクの前までやってきたお父様に、誠也さんが話を切り出す。

「父さん。こちらの女性がこの前、話をした相手で……」

「如月史奈と申します」

私は自ら名乗り、震えそうな手をぎゅっと重ね握って深々と礼をした。ゆっくりと姿勢を戻すと、正面から射るような視線を感じる。怖かったけれど、私は目を逸らさずに誠也さんのお父様と顔を向き合わせた。

「君が……。随分と平凡なお嬢さんに見える」

品定めされている気分で立っていたら、誠也さんが声を上げる。

「父さん！　彼女を侮辱《ぶじょく》するのは」

「が、見た目とは裏腹に中身はどこか非凡《ひぼん》なものを持っているらしいな。堅物《かたぶつ》の息子を変えてしまうくらいなのだから」

好意的なのか敵意を持たれているのか、いまいち判断しづらい発言に戸惑った。どうやら誠也さんも同じみたいで、反応できずにいる。ちらりとお父様の隣にいる亮さんを見ても、涼しい顔をして立っているだけ。

すると、お父様は淡々と続ける。

「今日、大迫社長から連絡がきた。縁談話はお互い様ということで白紙に戻しましょう、と。聞けば、お前たちだけじゃなく、そちらも一枚噛んでいたらしいじゃないか」

誠也さんと亮さんを見やった後に、鋭い視線が私に向けられた。厳しい糾弾《きゅうだん》に異論はない。私は深々と頭を下げる。

「申し訳ありません。些細な嘘と思っていたものが、ここまで大事になると考えが及ばずに……」

代役を引き受けた際、私はどこか軽く捉えていた。〝久織亮〟と会う一日だけ乗り切れば終わりだ、と。まさか、双方の家族を巻き込む事態になるとは……そのときは誠也さんと付き合うことになるとは考えてもいなかったから。

「些細な嘘、ねえ。そのせいで君もこんなところまで呼び出されて、後悔しているんじゃないかな？」

「父さ――」

「いいえ。私は今、後悔はひとつもありません」

堪えきれなくなった誠也さんの言葉尻に被《かぶ》せて、私ははっきりと答えた。好戦的とも取れる私の態度に驚いたのか、誠也さんと亮さんは唖然として私を見ている。

ふいに誠也さんのお父様が失笑した。

「自分は場違いだと思わないのか？」

重低音で言われ、場がピリッと凍りつく。しかし、私は毅然と返した。

「思います。だけど、間違いとは思わないので。彼が多くのしがらみを前にしてでも平凡な私を選んでくれたなら、私は全力で応えるだけです」

そう答えるのに躊躇《ためら》いはなかった。

亜理沙を助けたいと思って代役を引き受けたり、誠也さんの力になりたくて頑張った仕事も空回りしたりもした。ほかにもたくさん失敗したり恥ずかしい思いもしたりしてきたけれど、どれも一生懸命考えて行動した結果なのだから。

「もういい」

お父様がぴしゃりとひとこと放った。

私は張り詰めた雰囲気の中、手を握りしめ、視線を落とす。

「もうわかった。これは将来……いや、すでに尻に敷かれてるのか。誠也みたいな、あと一歩が足りないタイプには君みたいな怖いもの知らずがちょうどいいのかもな」

お父様が応接用のソファに座り、足を組んでリラックスした態度で笑っている。

一転して和やかな空気になって、私と誠也さんはちらりと目を見合わせた。いったいなにが起きたのか、と疑問を抱く。

「は？　なに言って……それはどういう意味で」

誠也さんが動揺交じりに問いかけるや否や、お父様が冷やかすように即答した。

「お前が『人生を捧げたい』とまで言う相手だ。親として知りたくなるのは当然だろ？」

「なっ……！」

私は今耳にした会話に目を剥いた。

人生を……？　え？　誠也さんがお父様にそう言っていたの？

誠也さんは私を一瞥し、赤面した顔を逸らす。彼の態度を見て、時間差で私まで頬が熱くなる。

「取り繕いもせず正直に頭を下げ、自分の意思をまっすぐ口にする。しかも初対面の相手に、分が悪い状況で。これはなかなか評価が高い」

誠也さんのお父様が打って変わって友好的な目で私を見る。

これは果たしてどういう展開なのか戸惑いを隠せずにいると、お父様が続けた。

「昨日、大迫社長に業務提携を前提としたプランを直接持ち込んだんだって？」

業務提携……。昨日、最後に誠也さんが大迫社長に渡していた書類の内容だろうか。

誠也さんの反応を確認すると、彼は眉をひそめてぽつりと返した。

「もう知って……？」

そこで、ずっと黙っていた亮さんが口を開く。

「今日お前から連絡を受けてすぐ、俺が判断して報告した。業務提携ではなく資本提携になるなら、こっちも迅速《じんそく》に動かないと」

「いや、でも……。それは父さんがずっと渋っていた内容だったはず……」

誠也さんは亮さんの言葉を受けて、窺うようにお父様を見てつぶやいた。

「先方から資本提携を提案してきたくらい、誠也の企画書の出来がよかったんだろう。緑化事業には大迫不動産も課題にしていたらしいし、一番理想的な提携先に落ち着くなら反対する理由もない」

お父様が淡々と口にした内容を聞いて、茫然とする。

資本提携……？　業務提携よりも、もっと大きな成果を得られたって話？　それって、朗報《ろうほう》だよね。まさか昨日の今日で、そんな大きな動きがあったなんて。

誠也さんを見上げると、笑顔はなくて愕然としている。

「なんて顔してるんだよ。彼女の前だっていうのに」

そこに亮さんがやってきて誠也さんの肩をバン、と叩いた。その衝撃でハッとした誠也さんの瞳に光が灯る。

「……本当に？」

「お前の力で先方を口説き落とし、親父を納得させたんだろうが。資本が絡むアライアンス契約を結ぶ際は本社で執《と》り行《おこな》うだろ。おかげでこっちはバタバタだ」

亮さんは嫌味交じりに言っていても、誠也さんの功績に喜んでいるのが表情や声色から伝わってくる。

「お前は昔から祖父さんや親、俺ら兄弟に遠慮してきただろ。いつも一歩後ろに下がって、周りを見て空気を読んで。決して自分を前に出さない性格だ」

誠也さんのお父様が組んでいた足を崩し、真面目な顔つきで亮さんの後に続く。

「久織設備を任せたのは、責任ある場所に立たせればそういうところが変わるかと考えてだ。お前はそつなくこなすだけで積極性に欠ける。そう思って見てた」

誠也さんは、これまでずっと自分よりも兄弟や周りの人たちを優先させてきたんだ。それって、簡単なようで難しいと思う。けれども、やさしいのは長所であっても久織設備の社長という立場にいる以上、それだけではダメなんだ。お父様や亮さんは、そんな誠也さんに、もどかしさを抱いていたのかも……。

ひとつの企業のトップともなれば、たくさんの人たちの見本となって、引っ張っていかなきゃならないのだろう。それには積極性も必要なのは理解できる。

――『トップが企業理念に則った立派な人で、今でも尊敬してるんだってさ。そこだけが転職した心残りらしいよ』

前に宮野さんから聞いた話を思い出す。社員に尊敬されて慕われる誠也さんがよりリーダーシップを発揮《はっき》したなら……。きっと最高の統率者になるに違いない。

「ようやく殻《から》を破ったか。待ちくたびれた。お前にも将来本社に来てもらうつもりでいるからな。忘れるなよ」

お父様の満足そうな声に、胸の奥が温かくなる。自分のことのようにうれしく思っていたら、ふとお父様の視線を感じた。

「君……如月さんだったかな。どうやら誠也は本気みたいだ。よければ今後も発破《はっぱ》をかけてやってくれないか」

「えっ。私はなにも……。私のほうこそ多くのものを与えてもらっています。これからも一緒にいてほしいと願っているのは私なんです」

数分前まであれほど緊張していたのに、今では嘘みたいに気持ちを伝えられた。

「しかし、誠也も今回は亮に振り回されて災難だったな」

お父様がため息交じりに零すと、亮さんが噛みついた。

「よく言うよ。元はと言えば親父や祖父さんが勝手に話を……そういや元凶《げんきょう》の祖父さんはなんか言ってんの？」

「その結果があればとりあえず文句はないさ。ああ、今後あるとすれば、亮がいつ結婚するかって言われるくらいか」

お父様は亮さんの手にしている書類を指して一笑した。途端に亮さんからめんどくさそうなため息が零れ落ちる。

家族団らんの光景を見て和んでいたら、突然誠也さんに肩を抱き寄せられた。

「俺は災難なんかじゃなかった。禍《わざわい》を転《てん》じて福《ふく》と為《な》すと言ったところだよ。代役をしたのが俺でよかったと心から思ってる」

誠也さんに微笑みかけられ、私は笑顔を返す。
私も一緒。あの日、私が代わりに行って、誠也さんが代わりに来てくれてよかった
と今なら迷わず言える。
どうか、この偶然が私たちの運命でありますように。

——それから。

約束通り、誠也さんは土曜日に我が家に挨拶に来た。

母がもてなし、途中で兄も参加してちょっと恥ずかしかったけど、終始和気《わき》あいあいとした雰囲気で終わってほっとした。誠也さんが帰った後、母に『いい人と出会えてよかったね』と安心した様子で言われたのがすごくうれしかった。

そして、翌日の今日。私の仕事後に合わせて、誠也さんと約束をしている。待ち合わせ場所は東京駅。

「あ、誠也さん！　会えてよかった。東京駅は自信なかったから」

「そっか。不安にさせてごめん」

「いえ。無事会えましたし。いざとなればスマホがあるしって」

充電ばっちりのスマートフォンを見せて笑うと、さりげなくもう片方の手を握られ

た。たったそれだけで、今でも心拍数が上がる。

いろんな問題がすべて片づき、なんだか以前にも増して誠也さんへの気持ちが大きくなっている気がする。なにげないメッセージのやりとりでさえ、胸がときめいたりして……。完全に陶酔《とうすい》してる。

「昨日はありがとう。史奈のお母さん、気さくでとても話しやすかった。お兄さんもいい人だったし」

「あ、こちらこそ。誠也さんが帰った後も、頻りに褒めてましたよ。兄なんか、私にはもったいないほどいい男だって」

「なら、その信用を失わないようにしなきゃな」

「誠也さんなら、ありのままで大丈夫ですよ。それを言ったら私のほうが危ういです」

「そう？　それこそ父はもちろん、兄までもが史奈を気に入ってるみたいだよ。うれしいけど、女性に一切興味を示さないあの兄が……ってちょっと複雑」

こうやって、お互いの家族を話題に出してふたりで笑い合えるって、とても幸せだ。

「そういえば、今日は車じゃないんですね」

「ああ。もう駐車場に停めてるんだ。近くだから」

「近く？」

「うん。そこ」

誠也さんが指をさした先には、都内屈指《くっし》の超高級ラグジュアリーホテル。日本だけでなく海外の著名人が利用するくらい有名なホテルで、もちろん私は足を踏み入れた経験などない。

「せ、誠也さん……。私、仕事帰りなので服装とか……まずくないですか」

誠也さんは公私問わず、いつも綺麗な格好をしているので問題なし。それに比べて私は、今日も色気も洒落《しゃれ》っ気《け》もないグレーのシンプルなパンツスーツだ。

「ホテル内のブティックを予約してるから心配はいらないよ。ここも取引があって、融通《ゆうづう》利かせてもらえるんだ。そうだ。この前一緒に食事に行ったフレンチのシェフもここで働いていたんだよ」

「ええっ！　どうりで素晴らしい料理だと……っていうかブティックって」

いろいろな情報が一緒くたに来て、思考が追いつかない。あのホテル内のブティックなんて言えば、百パーセント高額なものに決まってる。

「史奈。ようやくすべて落ち着いたんだ。今日はなにも気を遣わずに俺にエスコートさせてほしい」

誠也さんに切願され、私は戸惑いつつも頷いた。にっこりと笑った彼は、その後、映画さながらのエスコートをしてくれた。

ホテル内のブティックでいくつか試着をして、誠也さんの見立てで落ち着いたボルドーのシルク製ドレスに決めた。さらに、ドレスに見合ったアクセサリーや靴まで揃えてくれて、まるでシンデレラにでもなった気分だ。

「私、絶対に今、一生に一度の経験してます」

「一生に？　まさか。これからも機会はあるよ。結婚式だってするだろうし」

「け、結婚式……？」

さらりと『結婚』というワードを出され、どぎまぎする。

誠也さんは目尻を下げた。

「ウエディングドレスもいいけど白無垢《しろむく》や色打掛《いろうちかけ》も似合いそうだね。今から楽しみだ」

「実は……着物に憧れていて。今まで七五三でしか着たことなかったので」

私が照れ交じりにぽつりと言うと、彼は満面の笑みを浮かべ、私の手の甲にキスを落とす。

「仰せのままに。史奈の希望は俺が叶えるから」

その後、最高の衣装に身を包んだ私は、大人の雰囲気が漂う素敵なレストランで美味しいお酒とともに、芸術品ともいえる料理を堪能した。夢のようなひとときを過ごし、名残惜しいけれど、そろそろレストランを後にする流れになった。

私が席を立とうとしたら、先に立ち上がっていた彼がわざわざ私の手を取りに来る。慣れないエスコートの連続に、照れくさくなりつつも手を重ねた。……刹那。

「上に部屋を取ってあるんだ。もう少しだけ一緒にいられる?」

さりげなく耳元で囁かれた誘いに、たちまち鼓動が速くなっていく。私は繋いだ手を軽く握り返し、「はい」と消え入る声でようやく答えられた。

エレベーターに乗って部屋へ行く間は、心臓がうるさくて周りの景観も目に入らなかった。なんとか歩けていたのは、誠也さんがずっと手を離さずにいてくれたから。

最上階の部屋に着き、誠也さんがドアを開けた途端、ふわりと清潔感のある香りが鼻孔《びこう》を擽《くすぐ》った。香りに癒され歩みを進めるなり、部屋の広さに驚く。

「ここってもしかして……スイートルーム……?」

一軒の豪邸に来たかのような空間に圧倒された。大きなベッドはもちろん、立派なソファやダイニングテーブルなどもあって、ホテルの客室とは到底思えない。

私は再び歩き出して、足元から天井までの大きな窓の外に目を向けた。

「どうりで景色も部屋も素敵なわけですね……。テーブルコーディネートも可愛い。

さっきからいい香りがするのはこの花かな？」

テーブルの上にはワインクーラーとワイングラス。それにオシャレなアペタイザーがあって、そばに小さなフラワーアレンジメントが飾られていた。

「香りはたぶんこっちかな」

誠也さんの声に誘われ、振り返ると目の前に花束があった。

藤色《ふじいろ》のバラに緑のハーブ、そして美しい青色のラベンダー。

「これを……私に？」

「受け取ってくれる？」

「もちろんです。ありがとうございます。綺麗……。そっか、この匂いだったんだ」

人生で花束なんて受け取ったことがない。初めての経験に歓喜し、ブーケに鼻先を近づける。

「史奈。受け取ってほしいものが、もうひとつある」

「え？」

ブーケの香りを堪能していたら、誠也さんが凛々しい表情で言った。彼がポケットから出したものに気づき、目を見開く。

黒い立方体の箱の中には、部屋の間接照明を反射して眩《まばゆ》く輝くエタニティリング。

「如月史奈さん。俺と結婚してください」

感激のあまり、すぐに言葉が出てこない。ひと月前には、亜理沙の名前で婚約を申し込まれ、こんな未来が待っているとは思い描けなかったから。

感極まって涙が零れ落ちた。誠也さんはずっとやさしい眼差しを向けてくれている。

「――はい」

涙で声が震えたけれど、満面の笑みを彼に向けた。すると、左手を掬い取られ、薬指に指輪を通される。幸せを噛みしめている間もなく、彼の唇が落ちてきた。バラとラベンダーの香りに包まれ、重ね合わせる手で指輪の存在を感じ、想いを交わし合う。

誠也さんが唇を離していってもなお、私の胸の中は愛しい感情があふれて止まらない。彼との開いた距離に、もどかしい気持ちでいっぱいになる。

「あまり遅くなるとご家族も心配するだろうし、夜道は危ないから……」

瞬間、彼に構わず私は背伸びをして両手を彼の首に回し、自ら口づけた。驚いている誠也さんに、私は上目で囁く。

「……私、明日は休みですし、今夜はずっと一緒に居ようと思って……家にも外泊するって言ってきました」

心臓がバクバクいってる。本当は、レストランを出るときに言おうとしていた言葉。

いつもいつも、もっと一緒にいたいって思っていた。だけど、彼にどう思われるかだけが不安だった。

「幻滅しますか……？　きゃっ」

眉を寄せて顔色を窺うや否や、ひょいと抱え上げられて広いベッドに押し倒される。急に視点がコロコロと変わって動悸が止まない。なにより、非日常的なシチュエーションで彼に見下ろされている状況に、感情が昂《たか》ぶってる。

「じゃあ、今夜は我慢しなくてもいいってことだね？」

彼は妖艶な笑みで顔を近づけては、耳に直接色香のある声を吹き込む。

「朝までずっと離せなくなるよ。いい？」

たちまち私の身体は電気が駆け抜けたように熱くなる。

大きな鼓動の中、おもむろに瞼を上げて彼を見た。熱のこもった双眸は綺麗で、一瞬で惹きつけられる。私は一度、頷いて見せた。

「史奈こそ、本当は諭すべき立場の俺がこんなふうに言って幻滅したんじゃないの？」

そう尋ねられて、私はそっと彼の顔に両手を伸ばした。そして、眼鏡をゆっくり外し、はにかんだ。

「うれしくて、ドキドキします」

私の前で理性と熱情の狭間《はざま》でせめぎ合っている彼が愛おしい。

「あなたはどれだけ俺を翻弄するんだ。もうこんなに好きなのに、これ以上なんて」

「私だって、いつも〝好き〟の記録を上書きされてます」

笑って返すも束の間、すぐにキスの雨が降り注ぎ、話もままならなくなる。ただ彼に与えられる熱に濡れた声を漏らし、しなやかな背中にしがみつくだけ。

乱れた呼吸を繰り返し目を閉じる私の髪を、すらりとした長い指先で梳いていく。

恍惚としていたら、額に軽くキスが落ちてきた。

「愛してる。誰よりも」

彼の言葉にまた涙が溢れそうで、思わず隠すように彼に抱きついた。

私は彼の腕に抱かれ、幸福に包まれた極上の夜を過ごした。


翌朝。ルームサービスで朝食をとり終えたときに聞いた話に思わず声を上げた。

「えっ。このコーディネートを誠也さんが？」

「そう。プロの力ももちろん借りたよ。あまり得意ではないんだけど、史奈を喜ばせたくて」

じゃあ、フラワーアレンジメントとかテーブルクロスとか……全部私のために考えてくれたんだ。

「うれしい。この空間だけ持って帰りたいくらいです」

一泊二日だけのコーディネートなのが惜しい。

いつも自分がコーディネートをする側だし、自分だけを思ってコーディネートを考えてもらう機会は滅多にない。しかも、それを最愛の人が用意してくれただなんて、うれしすぎる。

「そんなに喜んでくれるなら、また今度挑戦してみるよ」

「本当ですか？　やったあ」

「うん。いつか俺たちの家を建てるときは一緒に色々考えよう」

さらっと耳に届いた内容に目を瞬かせる。

「え……家を？」

困惑して聞き返すと、誠也さんはニコッと微笑んだ。

「史奈の夢だろう？」

「いや。まあ……そうです、けど」

「史奈の夢は俺の夢だから」

彼は当然のごとく、私の夢を自分の夢だと語る。

夢を応援したりされたりはあっても、共有する発想はなかった。思い返せば、私も彼の大きな目標《ゆめ》に対して、自分にできることを探していた。きっとそれは、今の彼と同じ感情だと思う。言い表せない喜びが溢れ出す。

「ありがとうございます。でも誠也さんとなら、どこでだって夢のような毎日を送れそう」

大事なのは恵まれた環境や与えられた場所じゃない。

誰とともに夢を見るか。誰と一緒に同じ未来を思い描くか。

心が希望の光で満ち満ちていく。それを実感していたとき、気づけば誠也さんが私のすぐ横に来て立っていた。

「またそんな可愛いことを言ったら、こうなるってわかるだろう？」

彼は言うなり、手を引っ張ってすぐそばのソファに倒れ込んだ。上になっている私を誠也さんはしっかりと抱きしめる。

「あの日、史奈に出会えてよかった」

私は広い胸から伝わる速い鼓動と一緒に、噛みしめるみたいなその声を聞いて、一度確かに頷く。そして、ゆっくり視線を交わらせ、どちらからともなく口づけた。

「好き」

小さくつぶやくと、微笑を浮かべていた彼の唇がふたたび寄せられる。
私は昨夜から残るラベンダーの香りの中で甘美な陶酔に誘われながら、ふたりの幸せな未来に思いを馳せて、瞼を閉じた。

おわり

あとがき

ここまでお付き合いくださいまして、誠にありがとうございます。

今作は、ちょっとした嘘からはじまる恋物語をお送りいたしました。

ふたりの出会いは一期一会。そのチャンスを逃すまいと双方奔走した結果、幸せになったわけです。

もう二〇二一年になりましたが、変わらず今の世の中、以前のように簡単に人に会うことができず、次に会えるのはいつになるのか……と不安が過ったりしますよね。

だからこそ私は、〝一期一会〟――その一瞬一瞬を大切にし、出逢えたことに感謝を忘れずにいようと思います。

ここで出逢えた皆様とのご縁に、心より感謝申し上げます。

宇佐木

マーマレード文庫

お見合い代役からはじまる蜜愛婚

～エリート御曹司に見初められました～

2021年2月15日　第1刷発行　定価はカバーに表示してあります

著者　宇佐木　©USAGI 2021
発行人　鈴木幸辰
発行所　株式会社ハーパーコリンズ・ジャパン
東京都千代田区大手町1-5-1
電話　03-6269-2883（営業）
0570-008091（読者サービス係）
印刷・製本　中央精版印刷株式会社

Printed in Japan ©K.K. HarperCollins Japan 2021
ISBN-978-4-596-41565-3

m a r m a l a d e b u n k o